光文社文庫

文庫書下ろし／長編時代小説

神隠しの少女

日暮左近事件帖

藤井邦夫

光　文　社

本書は、光文社文庫のために書下ろされました。

目次

江戸川橋
大塚
↑板橋宿へ
巣鴨
松平越前守屋敷
赤城明神
石切橋
神楽坂
江戸川
切支丹坂
御薬園
中山道
日光御成街道
小石川馬場
傳通院
小石川
神明宮
白山
駒込
小石川御門
水戸徳川家
春日町
水道橋
菊坂台町
千駄木
御弓町
駒込追分
神田川
本郷
加賀前田家
根津権現
道灌山
湯島聖堂
霊雲寺
日暮里
門前町
茅町
湯島天神門前町
不忍池
石神井用水
神田大明神
弁財天
根岸
谷中
湯島天神
妻恋坂
池之端仲町
東叡山寛永寺
下谷御成街道
下谷広小路
外神田
御徒町
入谷鬼子母神
（真源院）
向柳原
三味線堀
幡随院
下谷三ノ輪町
浅草天王町
甚内橋
鳥越明神
千住大橋
阿部川町
新吉原
新堀川
日本堤
奥州街道
鳥越橋
旅籠町
東本願寺
御蔵前通り
御米蔵
御蔵前
首尾の松
浅草広小路
浅草寺
小塚原
山谷町
御厩河岸之渡し
駒形町
新鳥越橋
山谷堀
雷門
浅草駒形堂
花川戸町
聖天町
吾妻橋
竹町之渡し
今戸橋
今戸町
隅田川
白鬚之渡し
源兵衛橋
竹屋之渡し
向島墨堤
北割下水
瓦町
中之郷
源森川
小梅村
三囲稲荷
長命寺
木母寺
隅田村
法恩寺橋
横川
業平橋
寺島村

伝馬町
平川町
四谷御門
市谷
赤坂
麹町
赤坂御門
市谷御門
御納戸町
氷川明神
善國寺
若宮八幡宮
溜池
牛込御門
番町
千鳥ヶ淵
半蔵御門
田安御門
西之御丸
清水御門
虎之御門
外桜田御門
雉子橋御門
新シ橋
和田倉御門
江戸城
南町奉行所
一橋御門
猿楽町
幸橋
土橋
数寄屋橋
御門
北町奉行所
汐留橋
呉服橋御門
常盤橋御門
神田橋御門
鎌倉河岸
駿河台
三十間堀川
銀座町
竜閑橋
昌平橋
数寄屋町
鍛冶町
木挽町
京橋
一石橋
筋違御門
西本願寺
今川橋
室町
下谷練塀小路
弾正橋
日本橋
和泉橋
内神田
組屋敷
南八丁堀
八丁堀
楓川
雲母橋
伊勢町
佐久間河岸
組屋敷
八丁堀
江戸橋
大伝馬町
小伝馬町
亀井町
柳原土手
西堀留川
鎧ノ渡し
公事宿巴屋
公事宿巴屋の寮
中之橋
小網町
馬喰町
日本橋川
亀島川
稲荷橋
一ノ橋
緑橋
両国広小路
鉄砲洲
高橋
新川
南新堀町
行徳河岸
汐見橋
千鳥橋
浅草御門
浅草橋
佃島
霊巌島
箱崎町
二ノ橋
永久橋
箱崎川
浜町堀
米沢町
薬研堀
柳橋
両国橋
石川島
熊井町
永代橋
大川
新大橋
一ツ目之橋
佐賀町
今川町
上之橋
回向院
御竹蔵
大島町
万年橋
六間堀
油堀
海辺大工町
本所
越中島
亥ノ口橋
富岡橋
海辺橋
高橋
二ツ目之橋
林町
蓬莱橋
富岡八幡宮
仙台堀
五間堀
小名木川
南割下水
亀久橋
霊巌寺
深川
竪川
吉岡橋
三ツ目之橋
木場
崎川橋
新高橋
大横川
西
北
東
南
0
500m

主な登場人物

日暮左近　元は秩父忍びで、瀕死の重傷を負っているところを公事宿巴屋の主・彦兵衛に救われた。いまは巴屋の出入物吟味人。

彦兵衛　馬喰町にある公事宿巴屋の主。瀕死の重傷を負っていた左近を巴屋の出入物吟味人として雇い、巴屋に持ち込まれるさまざまな公事の調べに当たってもらっている。

おりん　公事宿巴屋の主・彦兵衛の姪。浅草の油問屋に嫁にいったが夫が亡くなったので、叔父である彦兵衛の元に転がり込み、巴屋の奥を仕切るようになった。

房吉　巴屋の下代。彦兵衛の右腕。

清次　巴屋の下代。

お春　巴屋の婆や。

文吉　木挽町の骨董屋「真美堂」の主。

青山久蔵　北町奉行所吟味方与力。

閻魔の清七　関八州を中心に働く盗賊の頭。

岩城兵馬　浅草今戸町に住む若い浪人。

おかよ　呉服屋丸菱屋の長女。

徳翁　呉服屋丸菱屋の隠居。

徳一郎　呉服屋丸菱屋の主。

松乃　呉服屋丸菱屋の内儀。

平作　秩父大滝村の百姓兼猟師。

雨宮又四郎　松乃の弟。御家人。

北島左兵衛　真新陰流「前田道場」の師範代。

おちか　芸者あがりの三味線の師匠。

陽炎　秩父の女忍び。左近の元許婚。秩父忍びの復興に尽力している。

神隠しの少女

日暮左近事件帖

第一話　孔雀明王《くじやくみようおう》

一

〝孔雀明王〟とは、毒蛇を食う孔雀を神格化した明王であり、一切の諸毒を除くとされる。その姿は孔雀の背に乗っており、明王でありながら忿怒相《ふんぬそう》を取ってはいなかった。

六寸程の高さの孔雀明王は、幾つもの燭台《しよくだい》に囲まれた台の上に置かれて鈍色《にびいろ》に輝いていた。

「さて、次の品物は六寸程の孔雀明王でございますが……」

十徳《じつとく》を着た目利きの桂木宗久《かつらぎそうきゆう》は、集まっている古美術商の旦那たちを見渡した。

古美術商の旦那たちは、孔雀明王を感心した眼差しで眺め、囁《ささや》き合った。

「造られたのは三百年余り昔の室町《むろまち》の頃、作者は名高い仏師正慶《せいけい》の希代《きたい》の逸品《いっぴん》。初値は百両にございますが、如何《いかが》ですかな……」

桂木宗久は、古美術商の旦那たちを見廻し、値の付くのを待った。

「百両……」

古美術商の旦那たちは騒めき、囁き合った。

「待って下さい。その正慶の孔雀明王、十年前に手前の父親が殺されて奪われた仏像にございます。どうか、どうかお返し下さい。お願いでございます……」

若い商人は、不意に立ち上がって必死の面持《おもも》ちで叫んだ。

「小平次《こへいじ》……」

桂木宗久は、部屋の端に控えていた若い衆の兄貴分に目配せをした。

小平次と呼ばれた兄貴分は、若い衆たちを従えて若い商人の許《もと》に進んだ。

「お客さま、お話があるのなら、向こうで詳しくお聞き致します。さあ、どうぞ此方《こちら》にお出で下さい……」

「宗久さま、お願いにございます……」

若い衆たちは、抗《あらが》う若い商人を取り囲んで力尽くで連れ去った。

「お騒がせ致しました」

小平次は、古美術商の旦那たちに挨拶《あいさつ》をして出て行った。

「それでは、文《あや》の付いた孔雀明王は此迄《これまで》と致しまして、次なる品物は……」

桂木宗久は、若い商人を腹立たしげに見送り、振り返りながら笑顔に戻った。


若い商人は突き飛ばされ、暗い裏庭の地面に叩き付けられた。

「お前さん、うちの旦那の市《いち》に文を付けるなんて良い度胸じゃあねえか、何処《どこ》の誰だい」

小平次は、倒れた若い商人の胸倉《むなぐら》を鷲摑《わしづか》みにして引き上げた。

「ぶ、文吉《ぶんきち》……」

文吉と名乗った若い商人は、苦しげに名乗った。

「文吉さんかい。うちの旦那は江戸でも名の知れた目利きだ。いろいろな品物が持ち込まれるが、盗品なんぞ扱っちゃあいねえぜ」

「で、でも……」

文吉は、苦しく踠《もが》いた。

「それでも騒ぎ立てようって云《い》うなら、覚悟を決めてやるんだな……」

小平次は、文吉を睨《にら》み付けて凄んだ。

文吉は、恐怖に震えた。


馬喰町《ばくろちょう》の公事宿《くじやど》『巴屋《ともえ》』の前の通りには人が行き交い、隣の煙草《たばこ》屋の縁台では数人の人がお喋りをしていた。

公事宿『巴屋』のお春《はる》、近くの隠居、裏の妾《めかけ》稼業の女などだった。

「あら、左近《さこん》さん、旦那がお待ち兼ねだよ」

お春は、下代《げだい》の清次《せいじ》と一緒に来た日暮《ひぐらし》左近に声を掛けた。

「そうか……」

左近は、隠居や妾たちに会釈をして清次と公事宿『巴屋』の暖簾《のれん》を潜った。


「お待たせしました……」

左近は、公事宿『巴屋』主彦兵衛《ひこべえ》の仕事部屋を訪れた。

「やあ。急に呼び出して、済みませんね」

彦兵衛は詫《わ》びた。

「いえ。して御用とは……」

左近は、彦兵衛の前に沈痛な面持ちでいる文吉を一瞥《いちべつ》した。

「それなんですが、此《これ》を……」

彦兵衛は、左近に一枚の古い書付《かきつけ》を差し出した。

古い書付は、孔雀明王像の折紙《おりがみ》だった。

「大昔の仏師正慶が彫った孔雀明王像の折紙ですか……」

左近は、古い書付を読んだ。

「ええ。高さは六寸二分、仏師正慶の彫った孔雀明王の木像に違いないとの、目利きの本阿弥秀悦《ほんあみしゅうえつ》の折紙ですよ」

彦兵衛は告げた。

「此が何か……」

左近は眉をひそめた。

「そいつなんですが、こちらは文吉さんと仰《おつしや》いましてね」

彦兵衛は、左近に文吉を引き合わせた。

「文吉です……」

文吉は、左近に深々と頭を下げた。

「文吉さん、此方《こちら》は手前ども公事宿巴屋の出入物吟味人《でいりものぎんみにん》の日暮左近さんですよ」

「日暮左近さま……」

文吉は、左近を眩《まぶ》しげに見詰めた。

「日暮左近です」

左近は会釈をした。

「で、此《こ》の折紙の孔雀明王像、十年前に文吉さんのお父っつあんが盗まれましてね」

「して……」

「ええ。その時、此の折紙だけは盗られずに済んだそうですよ」

「十年前に盗まれた……」

十年前に盗まれた孔雀明王像がどうしたのか、話の先を促した。

「此《こ》の度《たび》、その十年前に盗まれた孔雀明王像が漸《よう》く見付かったそうなんですよ」

「そいつは良かった……」

「ところがそうでもないんですよね」

彦兵衛は苦笑した。

「そうでもない……」

左近は眉をひそめた。

「ええ。文吉さん……」

彦兵衛は、文吉を促した。

「は、はい。孔雀明王像は今、桂木宗久さまと仰る目利きの処《ところ》にありまして、訳を話して返してくれとお願いしたのですが、返してくれないんです」

文吉は、哀しげに項垂《うなだ》れた。

「そこで左近さん。文吉さんは此の一件、公事宿巴屋で扱ってくれないかと……」

彦兵衛は笑った。

「はい。どうか、宜《よろ》しくお願いします」

文吉は、左近に深々と頭を下げた。

「で、これから目利きの桂木宗久に逢いに行こうかと思うのですが、向こうには怖いお兄さん方がいるそうでしてね……」

彦兵衛は、左近に笑い掛けた。

「お供しますか……」

「お願い出来ますか……」

「勿論《もちろん》……」

左近は頷《うなず》いた。

不忍池《しのばずのいけ》には枯葉が散っていた。

彦兵衛と左近は、不忍池の畔《ほとり》を茅町《かやちょう》二丁目に向かっていた。

茅町二丁目の外れは、大名屋敷と寺に囲まれていた。

彦兵衛と左近は、不忍池の畔にある板塀に囲まれた仕舞屋《しもたや》の前で立ち止まった。

「此処《ここ》ですね……」

彦兵衛は、板塀に囲まれた仕舞屋を眺めた。

「ええ……」

左近は頷き、板塀の木戸門を開けた。

木戸門は軋《きし》みながら開いた。

「彦兵衛どの……」

「はい……」

左近は、木戸門を潜って板塀の内に入った。

彦兵衛は続いた。

仕舞屋の前庭は、それなりに手入れがされていた。

左近は、格子戸を叩いた。

「はあい……」

女の返事がし、格子戸が開いた。

「どちらさまですか……」

粋《いき》な着物を着た年増《としま》が顔を出した。

「これは御造作《ごぞうさ》をお掛け致します。手前は馬喰町の公事宿巴屋と申しますが、目利きの桂木宗久さんはおいでになりますか……」

彦兵衛は尋ねた。

「は、はい……」

年増は、戸惑った面持ちで頷いた。

「ちょいと見ていただきたい物がありましてね」

彦兵衛は笑い掛けた。

「何方《どなた》だい、おつや……」

奥から男の声がした。

「分かりました。ちょいとお待ち下さいな」

おつやと呼ばれた年増は、科《しな》を作って奥に入って行った。

彦兵衛は苦笑した。

左近は、それとなく家の中の様子を窺《うかが》った。

何人かの男たちがいる……。

左近は見定めた。


おつやは、彦兵衛と左近を座敷に通して茶を差し出した。

「どうぞ……」

「ありがとうございます。どうか、お構いなく……」

彦兵衛は礼を述べた。

「宗久は間もなく参ります……」

おつやは、会釈をして座敷から出て行った。

左近は、次の間に数人の男が潜んでいる気配を感じていた。

「これはこれは、公事宿巴屋の方々ですかな」

十徳を着た桂木宗久が現れ、彦兵衛と左近に探るような眼を向けた。

「はい。突然やって来て申し訳ございません。手前は馬喰町の公事宿巴屋の彦兵衛。こちらは……」

「日暮左近……」

左近は短く告げた。

「彦兵衛さんに日暮さんですか……」

宗久は、彦兵衛と左近に笑い掛けた。

「左様にございます」

彦兵衛は頷いた。

「で、此の桂木宗久に見せたい物とは……」

「此《これ》にございます……」

彦兵衛は、古い折紙を宗久に差し出した。

「拝見しますよ……」

宗久は、古い折紙を手に取って読んだ。

「此は……」

宗久は戸惑った。

「はい。仏師正慶が彫った孔雀明王像への本阿弥秀悦の折紙です」

彦兵衛は告げた。

「本阿弥秀悦の折紙……」

宗久は眉をひそめた。

「左様。聞くところによれば、此の折紙に書かれた孔雀明王像、宗久さんがお持ちだと……」

彦兵衛は、宗久を見据えた。

「えっ、ええ。左様にございます」

宗久は頷いた。

「宜《よろ》しければ、拝見出来ますかな……」

彦兵衛は頼んだ。

「それは構いませんが、孔雀明王像、買いたいと申される方がおりましてな。只今、その方の許にございましてね……」

宗久は告げた。

「ほう。そうですか……」

「彦兵衛さん、此の本阿弥秀悦の折紙、私にお貸し願えませんか……」

宗久は、彦兵衛に笑い掛けた。

その眼には、侮《あなど》りと狡猾《こうかつ》さが滲《にじ》んでいた。

左近は読んだ。

「さあて、それは難しいお話ですな」

彦兵衛は苦笑し、本阿弥秀悦の折紙を懐に入れた。

「そうですか……」

宗久は、彦兵衛を見て残念そうに笑った。

残念そうな笑いの中には、腹立たしさが窺えた。

「ええ。ところで宗久さん、この本阿弥秀悦の折紙付きの仏師正慶の孔雀明王像は、十年前に持ち主が殺されて奪われた仏像でしてね」

彦兵衛は、宗久の反応を窺《うかが》いながら告げた。

「ほう。左様にございますか……」

宗久は、初めて知った顔をした。

「宗久さん、仏師正慶の孔雀明王像、いつ、どちらから手に入れられたのですか……」

彦兵衛は、宗久を厳しく見据えた。

「それは、一年程前ですか、巡り巡って私の手許に参りましてね……」

「では、何方《どなた》から巡って来たのですかな」

彦兵衛は畳み掛けた。

「それは……」

宗久は、言葉に詰まった。

「それは……」

彦兵衛は促した。

次の間の男たちの気配が揺れた。

左近は、苦笑を浮かべた。

「それは、色々事情がありましてな。申せませぬ……」

宗久は、彦兵衛を見据えて告げた。

「そうですか。ならば此迄《これまで》ですな。いや、突然、お伺《うかが》いして申し訳ありませんでした」

彦兵衛は話を打ち切った。

左近は、無明刀《むみようとう》を手にして立ち上がった。

彦兵衛と左近は、おつやに見送られて桂木宗久の家の木戸門を出た。

おつやは、早々に木戸門を閉めた。

彦兵衛は苦笑し、不忍池の畔を下谷《したや》広小路《ひろこうじ》に向かった。

左近は続いた。

「どうします。宗久を責めてみますか……」

左近は微笑んだ。

目利きの桂木宗久は、仏師正慶の彫った孔雀明王像の出処は勿論、文吉の父親を殺して奪った者を知っているかも知れない……。

左近は読んでいた。

「いえ。先《ま》ずは宗久の出方を見ますよ」

彦兵衛は苦笑した。

「ならば、尾行《つけ》て来る者どもはどうします」

左近は囁いた。

「誰か尾行て来るんですか……」

彦兵衛は眉をひそめた。

「宗久の家にいた者どもです」

左近は、楽しそうな笑みを浮かべた。

「仏師正慶の孔雀明王像、色々ありそうですな……」

「ええ……」

左近は頷いた。

「じゃあ、私は下谷広小路から帰ります」

彦兵衛は告げた。

「ならば、私は明神下《みょうじんした》の通りから……」

左近は、彦兵衛と別れて明神下の通りに続く池之端仲町《いけのはたなかちょう》の路地に向かった。


路地に入った左近は、傍《そば》の町家《まちや》の屋根に跳んだ。そして、屋根の上に忍んで木々の梢《こずえ》越しに不忍池の畔《ほとり》を眺めた。

縞《しま》の半纏《はんてん》を着た三人の男が、不忍池の畔をやって来た。

三人の男は立ち止まり、何事か言葉を交わした。そして、一人が左近の入った路地に進み、二人の男はそのまま彦兵衛を追った。

左近は、路地に進んだ男を見送り、町家の屋根から跳び下りた。そして、彦兵衛を尾行《つけ》る二人の男を追った。

不忍池の畔は、あと一丁程で下谷広小路の賑《にぎ》わいに出る。

広小路の賑わいに出ると、彦兵衛を尾行る二人の男の始末は面倒になるだけだ。
左近は、傍らの雑木林に入って走った。

雑木林の横を彦兵衛が通り過ぎた。
縞の半纏を着た二人の男が、彦兵衛の後からやって来た。
左近は、雑木林を出て縞の半纏を着た二人の男の前に立ちはだかった。
縞の半纏を着た二人の男は怯《ひる》んだ。
「何故、尾行る……」
左近は笑い掛けた。
「煩《うる》せえ、退《ど》け……」
縞の半纏を着た二人の男は、左近を突き飛ばして彦兵衛を追い掛けようとした。
左近は足を払った。
縞の半纏の男の一人は足を払われ、顔から倒れ込んで地面に強打し、失神した。
左近は、もう一人の男の脾腹《ひばら》に拳を叩き込んだ。
もう一人の男は、気を失って崩れ落ちた。
左近は、気を失った縞の半纏を着た二人の男を雑木林に引き摺《ず》り込んだ。

二人の男は、気を失ったまま縛り上げられた。

左近は、二人の男に水を浴びせた。

二人の男は気を取り戻し、己の置かれている情況に驚いた。

「騒ぐと容赦はせぬ……」

左近は、二人の男を冷たく見下ろした。

二人の男は怯み、恐怖に震えた。

「目利きの桂木宗久に命じられて巴屋彦兵衛を尾行て来たか……」

「へ、へい……」

「で、孔雀明王像の折紙、奪い盗って来いと命じられたな」

「へい……」

二人の男は項垂《うなだ》れた。

「桂木宗久、孔雀明王像をどのように手に入れたか知っているか……」

左近は尋ねた。

「し、知りません……」

「お前は……」

左近は、もう一人に訊《き》いた。

「あ、あっしも知りません……」

「知らぬか……」

「へ、へい……」

「嘘偽りはないな……」

「へい……」

二人の男は、声を揃えて頷いた。

「ならば、もう用はない……」

左近は、薄笑いを浮かべて無明刀を抜いた。

無明刀は鈍色に輝いた。

「お、お助けを、お助けを……」

二人の男は、恐怖に激しく震えた。

「桂木宗久、どのようにして孔雀明王像を手に入れたか、知っている者はいるか
……」

「こ、小平次の兄貴なら知ってるかもしれません……」

「小平次の兄貴……」

左近は眉をひそめた。

「へい……」

「何処にいる……」

「日本橋《にほんばし》は伊勢町《いせちょう》にある雲母堂《きらず》って骨董屋《こっとう》にいる筈です」

「雲母堂って骨董屋……」

「へい。西堀留川《にしほりどめがわ》に架かる雲母橋の傍《そば》にあります」

「雲母堂、故買屋《こばい》か……」

〝故買屋〟とは、盗品である事を知っていて買う店であり、〝窩主買《けいずがい》〟とも云う。

「へい。小平次の兄貴は、宗久の旦那に店を任されています」

「そうか。良く分かった」

左近は、無明刀を鞘に納めた。

二

神田川《かんだがわ》に架かっている昌平橋《しょうへいばし》は、大勢の人が行き交っていた。

左近は二人の男に、此の事が宗久や小平次に知れると命はないと脅し、何もかも忘れろと云い含めて放免した。

日本橋伊勢町の骨董屋雲母堂……。

左近は昌平橋を渡り、八ツ小路《やつこうじ》から神田須田町《かんだすだちょう》に入って日本橋の通りに進んだ。

伊勢町は、室町《むろまち》三丁目の浮世《うきよ》小路を入った処《ところ》にある。

左近は、骨董屋『雲母堂』に急いだ。

骨董屋『雲母堂』は、目利きの桂木宗久が小平次という男に任せている店だ。

小平次は、宗久が正慶の孔雀明王像を手に入れた経緯を知っているかもしれないのだ。

左近は急いだ。

西堀留川は鈍色に輝き、雲母橋が架かっていた。

浮世小路から来た左近は、雲母橋の袂《たもと》に佇《たたず》んで西堀留川越しに骨董屋『雲母堂』を眺めた。

骨董屋『雲母堂』は、狭い戸口の脇に古い大きな招き猫を置いていた。

左近は、骨董屋『雲母堂』の薄暗い店内を透《す》かし見た。

薄暗い店内には様々な古道具が置かれており、奥の帳場は良く見えなかった。

骨董屋『雲母堂』は、表向きは骨董品を扱っているが、裏では盗品を買い取っている故買屋なのだ。

左近は、骨董屋『雲母堂』を暫《しばら》く見張る事にした。


北町奉行所は、外濠《そとぼり》に架かっている呉服橋《ごふくばし》御門内にあった。

公事宿『巴屋』彦兵衛は、吟味方与力《ぎんみかたよりき》の青山久蔵《あおやまきゅうぞう》を訪れた。

青山久蔵は、彦兵衛を用部屋に通した。

「やあ。珍しいな、どうした……」

久蔵は、書類を書いていた筆を置いて彦兵衛を迎えた。

「突然の訪問、お許し下さい」

彦兵衛は詫びた。

「なあに、構わないよ。して……」

久蔵は、彦兵衛を促した。

「はい。実は十年程前の事件を詳しく知りたくて参上致しました」

「十年前の事件……」

久蔵は眉をひそめた。

「はい。名代《なだい》の仏師正慶が彫った六寸程の孔雀明王の木像、持ち主が殺されて奪われたという一件です」

彦兵衛は告げた。

「ああ。十年前の孔雀明王像の一件なら南町奉行所が月番の時の事だが、覚えている。ちょいと待っていな」

久蔵は気軽に立ち上がり、用部屋から出て行った。

彦兵衛は、用部屋の前の中庭を眺めた。

庭木の梢から枯葉が散っていた。

僅《わず》かな刻《とき》が過ぎ、久蔵が一冊の古い覚書《おぼえがき》を持って来た。

「待たせたな……」

「いいえ……」

「此《こい》が、南町から廻って来た孔雀明王像強奪の一件の覚書の写しだぜ」

久蔵は、庭に表紙の埃《ほこり》を叩き落とし、古い覚書の写しを彦兵衛に差し出した。

「十年前、木挽町《こびきちょう》の真美《しんび》堂という骨董屋に盗賊が押し込んでな。主の文左衛門《ぶんざえもん》を殺して三百両と孔雀明王像を盗んだ。で、南町の探索で盗賊は閻魔《えんま》の清七《せいしち》と手下どもと分かったんだが、その時には既に江戸から逃げた後でな。有耶無耶《うやむや》になっちまったそうだ。ま、詳しい事は覚書の写しを持って帰ってゆっくり読むんだな……」

久蔵は笑った。

「忝《かたじけの》うございます」

「いや。で、十年前の一件に何か動きがあったのか……」

「はい。古美術品の市で奪われた孔雀明王像が売りに出されたそうにございます」

彦兵衛は告げた。

「ほう。到頭《とうとう》、出て来たか……」

久蔵は、面白そうに笑った。

西堀留川は夕陽に輝いた。

骨董屋『雲母堂』から老下男が現れ、店先の品物を片付けて雨戸を閉め始めた。

店仕舞いだ……。

左近は、雲母橋の袂から『雲母堂』を見張っていた。

僅かな刻が過ぎた。

粋な半纏を着た背の高い男が、『雲母堂』の裏手から出て来た。

左近は、素早く物陰に隠れた。

背の高い男は、鋭い眼差しで辺りを窺った。

小平次だ……。

左近は見定めた。

小平次は、辺りに不審な事はないと見定めて神田川の方に向かった。

何処に行くのか……。

左近は尾行《つけ》た。

小平次は、辺りを警戒するような足取りで進んだ。


夕暮れ時。

神田八ツ小路は、仕事を終えた人々が家路を急いでいた。

小平次は、八ツ小路を通り抜けて神田川に架かる昌平橋を渡った。そして、神田明神の門前町に入った。

左近は尾行た。

小平次は、門前町の盛り場に向かった。
神田明神門前町の盛り場は、既に明かりが灯されて客が訪れていた。
小平次は、連なる飲み屋の奥にある一軒の店に入った。
左近は見定めた。
小平次の入った飲み屋は暖簾《のれん》を出しておらず、店先の掃除もされていなかった。
真っ当な店ではない……。
左近は睨《にら》んだ。
酒屋の手代《てだい》が、荷車に酒樽をのせて来て斜向かいの小料理屋の路地に入って行った。
左近は、酒屋の手代が出て来るのを待った。
酒屋の手代は、空になった荷車を引いて路地から出て来た。
左近は、酒屋の手代を呼び止めた。
酒屋の手代は、怪訝《けげん》な面持ちで振り返った。
左近は、酒屋の手代に素早く小粒《こつぶ》を握らせた。
「えっ……」

酒屋の手代は戸惑った。

「あの奥の飲み屋、どのような店だ」

左近は、小平次の入った奥の店を示した。

「ああ、あの店は半年前に板前だった旦那が亡くなって女将《おかみ》さんが継いだのですが、妙な浪人を引き込みましてね……」

酒屋の手代は、小粒を握り締めた。

「妙な浪人……」

左近は眉をひそめた。

「ええ。確か黒木兵衛《くろきひょうえ》って名前の痩せた浪人なんですが、昼間は滅多に顔を見せないって噂なんですよ」

酒屋の手代は、飲み屋を振り返った。

「黒木兵衛か……」

「ええ。それから女将さん、あまり店を開けなくなって。たまに開けたら浪人や遊び人なんかの溜り場になるそうですよ」

酒屋の手代は、拘《かか》わり合いになりたくないという想いを露《あら》わにした。

「浪人や遊び人の溜り場か……」

左近は、小平次の入った飲み屋を見詰めた。

連なる飲み屋には客が訪れ、賑《にぎ》わい始めていた。

十年前、盗賊閻魔の清七は、木挽町の骨董屋『真美堂』に押し込み、主の文左衛門を殺して三百両の金と仏師正慶の彫った孔雀明王像を奪い取った。

盗賊閻魔の清七と一味の者は、押し込みの後に直《す》ぐ江戸を離れ、月番だった南町奉行所の探索は後手を踏んだ。そして、十年後に目利きの桂木宗久が主催した骨董市に奪われた孔雀明王像が出品された。

公事宿『巴屋』の彦兵衛は、青山久蔵から借りた古い覚書を詳しく読んだ。

盗賊閻魔の清七は五十歳程の男であり、主《おも》だった配下には浪人や腕の立つ錠前師《じょうまえし》などがいるとされ、その盗賊働きの範囲は関八州《かんはっしゅう》に広がっていた。そして、押し込み先では、金の他に古美術品なども盗み、熱を冷ましてから故買屋を通じて売り捌《さば》いているとされていた。

彦兵衛は、十年前の南町奉行所の覚書の写しを読み終えた。

熱を冷ました孔雀明王像は、十年振りに骨董品の市に現れた。だが、噂を伝え聞いた真美堂主の文左衛門の倅《せがれ》文吉が市を訪れ、騒ぎ立てた。だが、文吉は目利きの桂木宗久に相手にされず、彦兵衛に助けを求めて来た。

目利きの桂木宗久は、何処の誰から奪われた孔雀明王像を手に入れたのだ……。

宗久と盗賊閻魔の清七に拘わりはあるのか……。

彦兵衛は、想いを巡らせた。

行燈は油が切れ掛かったのか、微《かす》かな音を鳴らして炎を揺らし始めた。


神田明神門前町の盛り場は、酔客の笑い声と酌婦の嬌声《きょうせい》が響いていた。

左近は、路地の暗がりに潜んで奥の飲み屋を見張っていた。

奥の飲み屋に客は訪れず、小さな明かりが灯されているだけだった。

左近は見張り続けた。

刻《とき》が過ぎた。

飲み屋の腰高障子が開き、小平次と着流しの痩せた浪人が出て来た。

黒木兵衛……。

左近は、酒屋の手代の言葉を思い出した。

小平次と黒木兵衛は、鋭い眼差しで辺りを窺った。そして、不審がないと見定めて盛り場の出入口に向かった。

何処に何しに行くのか……。

左近は追った。

昌平橋から神田八ツ小路、そして日本橋の通りを進んで日本橋を渡る。

小平次と黒木兵衛は日本橋を渡り、京橋《きょうばし》に向かって尚も進んだ。

左近は尾行た。

小平次と黒木の足取りに迷いはなく、行き先は決まっている……。

左近は読んだ。

まさか……。

左近には、小平次と黒木の行き先が思い浮かんだ。

小平次と黒木は、京橋に差し掛かった。

京橋を渡ると新両替町《しんりょうがえちょう》や銀座《ぎんざ》になり、木挽町が近い。

木挽町には、十年前に盗賊閻魔の清七の押し込みに遭った骨董屋『真美堂』があり、倅の文吉が女房子供と細々と骨董屋を営んでいる。

ひょっとしたら……。

小平次と黒木は、木挽町の骨董屋『真美堂』に行き、何かと騒ぎ立てる文吉を始末するつもりなのかもしれない。

左近は読んだ。

小平次と黒木は京橋を渡り、新両替町の辻を東に曲がった。

東に曲がり、三十間堀《さんじつけんぼり》に架かっている紀伊国橋《きのくにばし》を渡れば木挽町だ。

やはり、狙いは骨董屋真美堂の文吉……。

左近は睨んだ。


木挽町の家の連なりは眠っていた。

小平次と黒木兵衛は、木挽町の通りを進んだ。そして、一軒の店の前に佇んだ。

店には、骨董屋『真美堂』の古い看板が掲げられていた。

小平次と黒木は、骨董屋『真美堂』の古い看板を見上げた。

「此処だな……」

黒木は、小さな笑みを浮かべた。

「ええ……」

小平次は頷《うなず》き、骨董屋『真美堂』の閉められた大戸の潜り戸に近付いた。

刹那《せつな》、唸《うな》りをあげた瓦が夜の闇を斬り裂いて飛来した。

黒木は、咄嗟《とっさ》に小平次を突き飛ばした。

飛来した瓦が、小平次のいた処《ところ》を飛び抜けて地面で砕けた。

黒木は、刀の鯉口《こいぐち》を切って身構えた。

小平次は、骨董屋『真美堂』の軒下の暗がりに倒れ込んだ。

一瞬の出来事だった。

黒木は、向かい側に連なる家並みの屋根の闇を透かし見た。

連なる家並みの屋根に人影は見えない。

だが、瓦が飛んで来た方角を読めば、投げられたのは向かい側の家の屋根のどこかに違いないのだ。

黒木は、家並みの屋根に人影を探した。

人が潜んでいる気配はない……。

だが、瓦が小平次を狙って投げられたのは間違いなかった。

忍び……。

黒木は閃いた。

潜んでいる者は、忍びなのかもしれない……。

黒木は気が付いた。

忍びの者は闇に潜み、小平次と黒木の次の動きを見張っている。

下手な動きは命取り……。

黒木は見定めた。

「小平次、今夜は此迄だ……」

黒木は、小平次に告げた。

「承知……」

小平次は頷き、恐る恐る立ち上がった。

黒木は、周囲の家々の屋根の上を窺った。

屋根の上には、相変わらず人影は見えなかった。

黒木は苦笑し、小平次を促して骨董屋『真美堂』の前から立ち去った。

小平次は続いた。

家並みの屋根の上に左近が現れ、立ち去って行く黒木と小平次を見送った。

公事宿『巴屋』彦兵衛と出入物吟味人の日暮左近は、前日に不忍池の畔で別れてからの事を教えあった。

左近は、十年前の骨董屋『真美堂』の押し込みと、盗賊閻魔の清七について知った。そして、彦兵衛も知った。

骨董屋『雲母堂』の小平次と浪人黒木兵衛の存在と、二人が文吉の暮らす骨董屋『真美堂』に行った事実などを……。

「小平次の骨董屋雲母堂、故買屋ですかね」

彦兵衛は眉をひそめた。

「きっと……」

左近は頷いた。

「で、浪人の黒木兵衛ですか……」

「かなりの遣《つか》い手《て》です」

「真美堂の文吉さんを狙うとなれば、目利きの桂木宗久の息が掛かっている奴ですか……」

彦兵衛は読んだ。

「それとも、盗賊閻魔の清七に拘わりがあるのか……」

左近は苦笑した。

「何《いず》れにしろ、此のままでは文吉さんの命が狙われますか……」

「ええ。出来るものなら、一件の始末が終わるまで、文吉と家族を鉄砲洲《てっぽうず》波除稲《なみよけ》荷の家にでも匿《かくま》うのですね」

左近は勧めた。

「宜しいのですか……」

鉄砲洲波除稲荷の傍にある公事宿『巴屋』の持ち家には、左近が一人で暮らしている。

彦兵衛は心配した。

「ええ。別に何もありませんので……」

左近は、事も無げに告げた。

「そうですか。じゃあ、今日中にでも……」

彦兵衛は頷いた。

「そいつが良いでしょう」

「で、目利きの桂木宗久ですか……」

「それに雲母堂の小平次……」

「分かりました。房吉《ふさきち》に桂木宗久を見張らせますよ」

彦兵衛は、腕利きの下代の房吉を使うことにした。

「ええ、私は小平次を洗ってみます」

左近は薄く笑った。

彦兵衛は、公事宿『巴屋』の台所を切り盛りしている姪のおりんと木挽町の骨董屋『真美堂』を訪れた。

文吉は、彦兵衛から事の次第を聞いて顔色を変えて震えた。

「それで文吉さん、此度の一件の片が付く迄、お内儀《かみ》さんと子供を連れて隠れてもらいたいのだが……」

「えっ……」

文吉は、戸惑いを浮かべた。

「文吉さん、お内儀さんやお子さんの身に万が一の事があってからでは遅いのですよ」

おりんは勧めた。

「は、はい。ですが、隠れるといっても……」

文吉は困惑した。

「手前どもの持ち家がありましてね。そこに……」

彦兵衛は告げた。

「分かりました……」

文吉は、彦兵衛とおりんの勧めを受け入れ、女房子供を連れて鉄砲洲波除稲荷傍の家に身を隠す事にした。

彦兵衛とおりんは、文吉と女房子供を町駕籠に乗せて鉄砲洲波除稲荷に急いだ。

鉄砲洲波除稲荷の境内には潮の香りが漂い、鷗《かもめ》が煩《うるさ》い程に鳴きながら飛び交っていた。

彦兵衛とおりんは、文吉と女房子供を乗せた町駕籠を誘《いざな》った。

鉄砲洲波除稲荷の傍にある公事宿『巴屋』の家には、下代の清次が待っていた。

「界隈《かいわい》に変わった事はありません」

清次は、彦兵衛とおりんに告げた。

「よし。じゃあ、おりん、清次、後は頼んだよ……」

彦兵衛は、馬喰町の公事宿『巴屋』に急いで帰った。

桂木宗久と小平次は、遅かれ早かれ文吉一家の失踪に気が付く。その時、彦兵衛が『巴屋』にいなければ、拘わっている事に気が付かれる恐れがある。

彦兵衛は、公事宿『巴屋』に急いだ。

目利きの桂木宗久の家は、公事宿『巴屋』の下代房吉が見張りに付いた。

宗久の家には、古美術品の目利きを頼む者が訪れていた。

訪れる者の中には、閻魔の清七一味の盗賊と思われるような者はいなかった。

もっとも、盗賊らしさを振り撒《ま》く者などいる筈もない……。

房吉は苦笑した。


骨董屋『雲母堂』は訪れる客もいなく、戸口に置かれた大きな招き猫だけが目立っていた。

左近は、西堀留川に架かる雲母橋の袂から見張り続けた。

着流しの侍が浮世小路からやって来た。

浪人の黒木兵衛だ……。

左近は、雲母橋の袂に身を潜めた。

三

黒木兵衛は、戸口に置かれた古い大きな招き猫に苦笑し、骨董屋『雲母堂』の店内に入った。

左近は見送った。

黒木と小平次は、木挽町の骨董屋『真美堂』に行くのかもしれない。

左近は、骨董屋『雲母堂』を見守った。

僅かな刻が過ぎた。

骨董屋『雲母堂』から老下男が現れ、店先の掃除を始めた。

「じゃあ、行って来るよ……」

黒木と一緒に羽織を着た小平次が現れ、老下男に声を掛けた。

「へい。お気を付けて……」

老下男は掃除の手を止めて、出掛けて行く黒木と小平次を見送った。

黒木と小平次は、浮世小路に向かった。

左近は、対岸伝《づた》いに黒木と小平次を追った。

黒木と小平次は、日本橋を渡って京橋に進んだ。
木挽町の骨董屋『真美堂』の文吉の許に行くのか……。
左近は睨んだ。
黒木と小平次は、京橋を渡って木挽町に向かった。
睨み通り、文吉の処だ……。
左近は苦笑した。

骨董屋『真美堂』は大戸を閉めていた。
黒木と小平次は、戸惑いながら骨董屋『真美堂』の周囲を廻って様子を窺った。
左近は見守った。
骨董屋『真美堂』には、文吉とその家族はいなかった。
文吉は彦兵衛の話を聞き、女房子供を連れて鉄砲洲波除稲荷に逸早《いちはや》く隠れたようだ。
左近は読んだ。
小平次は、黒木を待たせて周囲のお店《たな》の者に聞き込みを掛けた。

周囲のお店の者は、困惑した面持《おもも》ちで首を捻っていた。

文吉一家の行き先は誰も知らない……。

左近は安堵《あんど》した。

それにしても黒木と小平次は、昼日中に文吉の命を狙って襲うつもりだったのか……。

左近は苦笑した。

小平次は、黒木の許に戻った。そして、何事か言葉を交わして骨董屋『真美堂』の前から離れた。

左近は追った。


不忍池に赤い枯葉が舞い落ち、水面にささやかな波紋が広がった。

目利きの桂木宗久の家は、おつやや縞の半纏を着た三人の男が出入りした。だが、桂木宗久と思われる男が出掛ける事はなかった。

房吉は見守った。

背の高いお店の主と痩せた着流しの浪人が、不忍池の畔に現れた。

房吉は、不忍池の畔の木陰に身を隠した。

背の高いお店の主と着流しの浪人は、鋭い眼差しで辺りを窺いながらやって来た。

素人じゃあない……。

房吉は睨み、見守った。

背の高いお店の主と着流しの浪人は、目利きの桂木宗久の家に向かっている。

房吉は読んだ。そして、背の高いお店の主と着流しの浪人の背後に、やって来る左近の姿が見えた。

左近さん……。

房吉は気が付いた。

左近は、背の高いお店の主と着流しの浪人を尾行《つけ》てくる。

房吉は睨んだ。

左近は、伊勢町の雲母橋の傍の骨董屋『雲母堂』の小平次を見張っている筈《はず》だ。

その左近が追って来たとなると……。

背の高いお店の主は、骨董屋『雲母堂』の主の小平次……。

房吉は読んだ。

小平次と着流しの浪人は、目利きの桂木宗久の家の板塀の木戸門を潜った。

何しに来たのだ……。

房吉は眉をひそめた。

左近は、木陰に潜んで見届けた。

「左近さん……」

房吉は、左近に駆け寄った。

「やあ……」

左近は迎えた。

「背の高い羽織が雲母堂の小平次ですか……」

房吉は、目利きの桂木宗久の家を眺めた。

「ええ。着流しは黒木兵衛。二人は木挽町の真美堂に行ったが、文吉一家は既に姿を消しており、此処に来た……」

左近は告げた。

「文吉さんの処に……」

房吉は眉をひそめた。

「ええ……」

「まさか昼間っから……」

小平次と黒木兵衛は、文吉と女房子供の皆殺しを企《たくら》んでいた。

房吉は睨んだ。

「おそらく……」

左近は、房吉の睨みに頷いた。

「じゃあ、これからどうするか、桂木宗久に相談に来たんですかね」

「ええ。忍び込んでみます」

左近は、事も無げに云い放った。

「は、はい……」

房吉は頷いた。

左近は、桂木宗久の家に近付き、音もなく板塀を跳び越えて消えた。


目利き桂木宗久の家の前庭は狭く、人気《ひとけ》はなかった。

町家は縁の下も低く、天井裏は高さがなく、忍び込むのは容易ではない。

左近は、辺りを窺いながら母屋沿いに庭に廻った。

庭に面した居間と座敷は、障子が閉められていた。

左近は、居間に近付いて縁側の下に入った。

居間から男たちの声が聞こえた。

左近は忍んだ。

「で、文吉が女房子供を連れて何処に行ったのかは、分からないのだな……」

桂木宗久の声がした。

「はい。周りの店の者に訊《き》いたのですが、誰も知らないと……」

小平次が告げた。

左近は、己の気配を消して聞き耳を立てた。

「文吉の野郎、何処に隠れやがったのか……」

小平次は、腹立たしさを露わにした。

「旦那、文吉一家が姿を消したのには、巴屋って公事宿が絡んでいるんじゃあないかな」

黒木兵衛は読んだ。

「巴屋の彦兵衛か……」

宗久は眉をひそめた。

「ええ。昨夜、何処かの屋根に潜んで小平次に瓦を投げた奴は只者《ただもの》ではない

「……」

黒木は睨んだ。

「只者ではない……」

小平次は、微かに身震いした。

「ああ。己の一切の気配を消しての動き、恐ろしい遣い手だな」

「ひょっとしたら、巴屋の出入物吟味人の日暮左近って奴かもしれない……」

宗久は、左近の冷たい横顔を思い出した。

「出入物吟味人の日暮左近……」

黒木は眉をひそめた。

「旦那、何《いず》れにしろ面倒な事になりましたね」

小平次は、その眼を狡猾《こうかつ》に光らせた。

「ああ……」

宗久は頷いた。

「どうします……」

小平次は、宗久の出方を窺った。

「正慶の孔雀明王像、さっさと売り捌《さば》くしかあるまい……」

「買い手は……」

「百五十両で買うという者がいる……」

「百五十両……」

「ああ。二百から三百の値で売りたかったんだが、禍《わざわい》を起こすかもしれない物は、早々に手放すのが良いだろう」

宗久は、不満そうに吐き棄てた。

「じゃあ……」

「ああ。これから商いに行くしかあるまい」

宗久は、苛立《いらだ》たしさを滲ませた。


左近は知った。

桂木宗久は、正慶が彫った孔雀明王像を早々に売り捌く事に決めた。

禍を起こすかもしれない物か……。

左近は苦笑し、居間の縁側の下を出て横手に走り、板塀を跳び越えた。

左近は房吉に、聞いた事を報せた。

「宗久の野郎、文吉さんを闇討ち出来ず、早々の厄介《やっかい》払いって魂胆《こんたん》ですか……」

房吉は嘲笑《あざわら》った。

「ええ……」

左近は頷いた。

縞の半纏の男が二人、桂木宗久の家から足早に出掛けて行った。

左近は見送った。

「孔雀明王像の買い手の処に行ったのかもしれませんね」

房吉は睨んだ。

「きっと……」

「どうします」

「宗久に勝手な真似はさせません」

左近は云い放った。

「じゃあ……」

「ええ。宗久の商いの邪魔をしてやります」

左近は、不敵な笑みを浮かべた。

風が吹き抜け、不忍池に枯葉が舞い散った。

夕陽は不忍池に映えた。

左近と房吉は、桂木宗久が動くのを待った。

小平次と黒木兵衛が、宗久の家から帰る事はなかった。

宗久と一緒に孔雀明王像の取引に行くのかもしれない。

左近と房吉は睨んだ。

日が暮れ、不忍池の畔の灯籠《とうろう》や家々に明かりが灯され始めた。

桂木宗久の家の木戸門が開いた。

左近と房吉は、木陰から見守った。

縞の半纏を着た男が二人、木戸門から現れた。そして、目利きの桂木宗久が小平次や黒木兵衛を従えて出て来た。

小平次は、一尺四方の箱の風呂敷包みを持っていた。

「左近さん……」

「きっと孔雀明王像です」

左近と房吉は睨んだ。

「ええ。じゃあ……」

房吉と左近は、木陰を出て桂木宗久一行を追った。

桂木宗久は、縞の半纏を着た二人の男を露払いに、小平次と黒木兵衛を従えて不忍池の畔から湯島《ゆしま》天神裏の切通《きりどお》しに進んだ。

左近と房吉は追った。

宗久一行は切通しを進み、本郷《ほんごう》の通りに出た。そして、本郷の通りを北に進み、五丁目の辻を西に曲がった。

旗本屋敷が続き、何軒かの寺があった。

宗久一行は、一軒の寺の山門を潜った。

左近と房吉は、山門に急いだ。

山門には『萬慶寺《まんけいじ》』の扁額《へんがく》が掛かっていた。

桂木宗久は、縞の半纏を着た二人の男を表に残し、小平次と黒木を従えて庫裏《くり》に入った。

縞の半纏の二人の男は、庫裏の戸口の前に佇んで辺りを警戒した。

左近と房吉は、『萬慶寺』境内の隅にある鐘撞《かねつき》堂の暗がりに潜んだ。

「どうします……」

房吉は眉をひそめた。

「忍び込みます」

左近は告げ、鐘撞堂の暗がりから本堂に走った。

不動明王は忿怒《ふんぬ》の相を現し、差し込む蒼白《あおじろ》い月明かりに浮かんでいた。

左近は、広い本堂の隅に忍んで暗がりを透かし見た。

祭壇には不動明王が安置され、横手に廊下があった。

左近は、音もなく廊下に進んだ。

薄暗い廊下には座敷が連なり、奥から明かりと男たちの話し声が洩《も》れていた。

庫裏だ……。

左近は見定め、明かりと男たちの話し声の洩れている庫裏に忍び寄った。

「さすがは名高い仏師正慶の彫った孔雀明王、見事なものだ……」

老人の嗄《しゃが》れ声が、庫裏の板戸越しに聞こえた。

萬慶寺住職が孔雀明王像を見ている……。

左近は読み、板戸の隙間から庫裏を覗《のぞ》いた。

庫裏の囲炉裏《いろり》端では、老僧が孔雀明王像を手に取って見廻していた。そして、桂木宗久が対座し、背後に小平次と黒木兵衛が控えていた。

左近は、己の気配を消して板戸の隙間から見守った。


「そいつはもう。如何《いかが》ですか、浄雲《じようらん》さま……」

宗久は、浄雲と呼んだ老住職に笑い掛けた。

「うむ。して宗久どの、値は如何程《いかほど》ですかな」

浄雲は、宗久に孔雀明王像の値段を尋ねた。

「それは浄雲さま、以前申し上げた通り、二百両にございます……」

宗久は、浄雲を見詰めて告げた。

「そこを何とか百五十両で……」

浄雲は、宗久に笑い掛けた。

「いいえ……」

宗久は、冷ややかな笑みを浮かべて一蹴《いっしゅう》した。

「ならば、百七十両では……」

「浄雲さま、まだまだにございます」

宗久は、狡猾な笑みを浮かべて首を横に振った。

「そうですか。では、これまでですな」

浄雲は、不意に取引を打ち切った。

「えっ……」

宗久は戸惑った。

「住職の拙僧が付けられる値は百五十両まで。残りは檀家の衆に借りての事です。ですから、百七十両以上となると無理、取引はこれまで。どうぞ、お引き取り下され」

浄雲は、仏師正慶の彫った孔雀明王像を潔く諦《あきら》めた。

「そうですか……」

宗久は、取引の失敗を知った。

左近は苦笑した。

板戸の向こうの庫裏では、宗久たちが孔雀明王像を桐箱に仕舞い、帰り仕度を始めた。

左近は見守った。

「ならば浄雲さま、此で失礼致します」

「うむ。御足労《そくろう》をお掛けして申し訳ございませんでしたな……」

宗久は、浄雲と挨拶を交わして庫裏を出た。

小平次と黒木が続いた。

左近は、暗い廊下を本堂に走った。


目利きの桂木宗久は、桐箱の風呂敷包みを持った小平次と黒木兵衛、縞の半纏を着た二人の男を従えて『萬慶寺』の山門から出て行った。

房吉は見送った。

左近が戻って来た。

「商いは失敗したようですね」

房吉は、小平次が風呂敷包みを持っていたのを、取引の失敗と見ていた。

「ええ。値段が折り合いませんでした」

左近は苦笑した。

「成《な》る程《ほど》。で、どうします」

「このまま大人しく帰るかどうか、見定めます」

左近は、笑みを浮かべて宗久一行を追った。

房吉が続いた。

桂木宗久は、小平次、黒木兵衛、縞の半纏の二人の男を従えて本郷の通りに向かった。

「無駄足を踏ませやがって……」

小平次は、腹立たしげに吐き棄てた。

「旦那、わざわざ本郷に出張って来て、此で良いのかな……」

黒木兵衛は冷笑した。

「良い筈はあるまい……」

宗久は苦笑した。

「じゃあ旦那……」

「ああ。萬慶寺の浄雲さまにはお気の毒だが、用意した百五十両、無駄足代に戴《いただ》くさ」

宗久は鼻先で笑った。

「ならば、俺が……」

黒木は、楽しそうに告げた。

「うむ。富吉《とみきち》、万助《まんすけ》、お前たちも黒木さんと一緒に行きな」

宗久は、縞の半纏を着た二人の男に命じた。

「へい……」

富吉と万助は頷いた。

「よし。じゃあ旦那、俺たちは此処で……」

黒木兵衛は、富吉や万助と本郷の手前で立ち止まった。

「うむ。黒木さん、お前さんの面《つら》は割れている。情け容赦は命取りになるぜ」

宗久は、冷酷な笑みを浮かべた。

「心得ている。富吉、万助……」

黒木は頷き、富吉と万助を促して来た道を戻った。

宗久と小平次は見送り、本郷の通りを切通しに向かった。

「左近さん……」

房吉は、戸惑いを浮かべた。

「ええ。黒木兵衛、萬慶寺に戻るつもりかもしれない……」

左近は読んだ。

「じゃあ、ひょっとしたら……」

房吉は、黒木たちの動きを読んで眉をひそめた。

「ええ。私は黒木たちを追います。房吉さんは宗久と小平次を……」

「承知……」

房吉は頷いた。

「じゃあ……」

左近は、通り過ぎて行った黒木と縞の半纏の二人の男を追った。

房吉は、宗久と小平次に続いた。

黒木兵衛は、富吉と万助を従えて『萬慶寺』の山門前に戻った。

寺の山門は、既に閉められていた。

黒木、富吉、万助は、『萬慶寺』の土塀を乗り越えて境内に忍び込んだ。

押し込み、百五十両を奪う魂胆か……。

左近は苦笑した。

『萬慶寺』の境内や本堂は暗く、庫裏の明かりも消えていた。
黒木は、富吉や万助と庫裏に忍び寄った。
左近は見守った。
黒木は、庫裏の腰高障子の傍に張り付いて中の様子を窺った。
富吉と万助が、腰高障子を開けようとした。
よし……。
左近は、不敵な笑みを浮かべた。

四

腰高障子には心張棒《しんばり》が掛けられており、富吉と万助は抉《こ》じ開けようとした。
刹那、闇から拳《こぶし》大の石が飛来し、富吉の頭に当たった。
富吉は昏倒《こんとう》した。
万助は驚き、腰高障子から跳び退《の》いた。
黒木兵衛は身構え、石の飛来した闇を見定めようと万助を突き飛ばした。

二つ目の拳大の石が闇の奥から飛来し、突き飛ばされて蹈鞴《たたら》を踏んだ万助の胸元に当たった。

万助は、苦しく呻《うめ》いて崩れ落ちた。

黒木は、拳大の石が本堂の前の闇から飛来したのを見定め、透かし見た。

本堂の前の闇に左近が佇んでいた。

何者だ……。

黒木は、得体《えたい》の知れぬ浪人が現れたのに緊張を漲《みなぎ》らせた。

左近は、黒木に笑い掛けた。

不敵な笑みだった。

おのれ……。

黒木は殺気を漲らせ、左近との間合いを詰めた。

「孔雀明王像の取引に失敗した腹いせに押し込むか……」

左近は読んだ。

「何……」

「押し込みは盗賊の証《あかし》。どうやら盗賊閻魔の清七一味と拘《かか》わりがあるのは、間違いないようだな……」

左近は苦笑した。

「おのれ、何者だ……」

黒木は、得体の知れぬ浪人が何もかも知っているのに怒りを覚えた。

「閻魔の清七は何処にいる……」

左近は訊いた。

「訊くだけ無駄な事だ」

黒木は、嘲《あざけ》りを浮かべた。

「そうだろうな。しかし、だからといって押し込みは許さぬ……」

左近は云い放った。

「黙れ……」

黒木は猛然と踏み込み、左近に抜き打ちの一刀を放った。

左近は、地を蹴って跳び上がり、黒木の一刀を躱《かわ》した。そして、『萬慶寺』の土塀を跳び越えた。

黒木は追った。

黒木は、『萬慶寺』の土塀を跳び越えて現れた。

待っていた左近は、笑みを浮かべて無明刀《むみようとう》を抜き放った。
無明刀は、月明かりに蒼白く輝いた。
黒木は刀を構え、左近との間合いを詰めた。
左近は、後退して間合いを保たず、大きく踏み込んだ。
黒木は、猛然と斬り掛かった。
左近は斬り結んだ。
火花が飛び散り、焦げ臭さが漂った。
左近は、大きく跳び退いた。
黒木は、刀の構えを崩さずに対峙《たいじ》した。
痩せている割には強靭《きようじん》な力……。
左近は、無明刀を頭上高く掲げて構えた。
天衣無縫《てんいむほう》の構え……。
黒木は、全身が隙だらけになった左近の構えに戸惑った。
次の瞬間、黒木は戸惑いながらも猛然と左近に向かって走った。
左近は、天衣無縫の構えを取り続けた。
黒木は、左近に斬り掛かった。

剣は瞬速《しゅんそく》……。

左近は、無明刀を真っ向から斬り下げた。

閃光が瞬《またた》いた。

黒木は、額《ひたい》を真っ向から斬り下げられて血を流し、前のめりにゆっくりと倒れた。

無明斬刃《むみょうざんじん》……。

左近は、黒木の死を見定め、残心《ざんしん》の構えを解いて無明刀に拭いを掛けた。

黒木兵衛、富吉、万助の押し込みは、左近によって阻止された。

月は蒼白く輝いた。


行燈の火は瞬いた。

酒は、左近の胃の腑《ふ》に染《し》み渡った。

「で、黒木兵衛、斬り棄てましたか……」

彦兵衛は、左近に酌をしながら尋ねた。

「ええ。孔雀明王像の取引に失敗したから押し込むとは、呆れた者どもです」

左近は苦笑した。

「で、目利きの桂木宗久と小平次ですが、真っ直ぐ不忍池の畔の家に戻りましたよ」

房吉は告げた。

「そうですか……」

「何れにしても、目利きの桂木宗久、放っておけませんね」

彦兵衛は、怒りを過《よ》ぎらせた。

「ええ……」

左近は頷いた。

「ところで左近さん、盗賊の閻魔の清七、何処に潜んでいるんですかね」

房吉は、酒を飲みながら尋ねた。

「黒木兵衛は口を割りませんでしたが、近くにいるような気がします」

左近は睨んだ。

「ええ。小平次が閻魔一味に間違いないとなると、骨董屋の雲母堂の近くに潜んでいますか……」

彦兵衛は読んだ。

「雲母堂には小平次の他に年寄りの下男がいます。その年寄りも閻魔の清七と拘わりがあるのかもしれません」

左近は告げた。

「ま、黒木兵衛が斬られたと知れば、宗久や小平次の動きも変わるでしょうね」

房吉は眉をひそめた。

「何れにしろ、私たち公事宿巴屋は、宗久が持っている閻魔の清七が奪った孔雀明王像を正式な持ち主の真美堂の文吉さんに返してもらうのが仕事。私はもう一度、桂木宗久に逢って孔雀明王像を返してくれと頼んでみるよ」

彦兵衛は酒を飲んだ。

「旦那、そいつは無駄じゃありませんかね」

房吉は眉をひそめた。

「ああ。だが、桂木宗久の尻に火を付けるには、私が逢うのが一番だよ」

彦兵衛は笑った。

「そういう訳ですか……」

房吉は、楽しげに酒を飲んだ。

「ならば、私が影供《かげとも》を務めましょう」

左近は酒を飲んだ。

〝影供〟とは、姿を見せず秘かに護衛をする事を云った。

「そいつは、ありがたい。宜しくお願いしますよ」

彦兵衛は笑った。

「じゃあ、あっしは骨董屋雲母堂を見張ってみます」

房吉は告げ、彦兵衛と左近に酌した。

「ああ。頼むよ……」

彦兵衛は、房吉に酌をした。

左近、彦兵衛、房吉は、行燈の明かりの下で酒を飲み続けた。


不忍池の畔には、朝の散策を楽しむ人たちがいた。

彦兵衛は、目利きの桂木宗久の家を訪れた。

年増のおつやは、彦兵衛を見て戸惑いを浮かべた。

「やあ。先日はどうも。宗久さまはおいでになりますか……」

彦兵衛は笑い掛けた。

「は、はい。ちょいとお待ち下さい」

おつやは奥に入った。

彦兵衛は、木戸門を振り返った。

左近が現れ、庭に廻って行った。

彦兵衛は苦笑した。

「お待たせ致しました……」

おつやが奥から戻って来た。


目利きの桂木宗久は、彦兵衛を奥の座敷に招いた。

「これは巴屋さん、今日はどのような……」

宗久は、落ち着かない様子で彦兵衛と向かい合った。

「他でもありません、宗久さま。仏師正慶の彫った孔雀明王像、本当の持ち主である木挽町は真美堂の文吉さんにお返し願えませんか……」

彦兵衛は下手に出た。

「彦兵衛さん、如何に十年前までは真美堂さんの物であったとしても、今は手前が預かっている孔雀明王像です。それなりの値でなければ……」

宗久は眉をひそめた。

「そうですか。ですが宗久さま、本郷は萬慶寺の御住職も孔雀明王像にそれなりの値を付けなかったようですね……」

彦兵衛は笑った。

「えっ……」

宗久は、彦兵衛が萬慶寺を知っているのに驚き、狼狽《うろた》えた。

「で、その夜、萬慶寺に押し込もうとした盗っ人どもがいたとか……」

彦兵衛は、宗久を見据えながら告げた。

「と、巴屋さん……」

彦兵衛は、何もかも知っている……。

宗久は、焦りを浮かべた。

「宗久さま、萬慶寺の一件の裏に潜む事、世間に知られたくなければ、十年前に盗賊閻魔の清七が真美堂から盗んだ孔雀明王像、真美堂の文吉さんに返すんですね」

「彦兵衛さん……」

宗久は、怒りと怯えに微かに震えた。

「宗久さま、目利きは信用が第一の仕事、そいつがなくなると……」

彦兵衛は笑った。

彦兵衛は、桂木宗久の家を出て不忍池の畔を進んだ。

左近が木陰から現れた。

「宗久、此でどう動くか……」

彦兵衛は笑った。

「ええ。私は宗久を見張ります」

左近は告げた。

「お願いします」

彦兵衛は頷き、不忍池の畔を立ち去って行った。

左近は、板塀に囲まれた宗久の家を眺めた。

昨夜、黒木と一緒に萬慶寺に押し込もうとした縞の半纏を着た二人の男はいなかった。

二度も痛め付けられ、逃げたか……。

左近は苦笑した。

宗久の家の木戸門が開いた。

十徳《じっとく》姿の宗久が、四角い風呂敷包みを持った半纏の男を従えて出て来た。

出掛ける……。
左近は、彦兵衛の脅しが効いたのを知った。
宗久は、落ち着かない足取りで不忍池の畔を進んだ。
半纏を着た男は、四角い風呂敷包みを持って続いた。
四角い風呂敷包みの中は、仏師正慶の孔雀明王像……。
左近は睨んだ。
さあて、何処に行くのか……。
左近は、宗久たちを追った。

骨董屋『雲母堂』の大きな招き猫は、店先を行き交う人を睨み付けていた。
房吉は、西堀留川に架かっている雲母橋の袂から骨董屋『雲母堂』を見張っていた。
骨董屋『雲母堂』を訪れる客はいなく、年老いた下男が出掛けて行った。
小平次は、店から出て来る事はなかった。
房吉は見張った。
年老いた下男が戻り、骨董屋『雲母堂』の裏手に入って行った。

て来た。

僅かな刻が過ぎた。

目利きの桂木宗久は、風呂敷包みを持った半纏の男を従えて浮世小路からやって来た。

目利きの宗久……。

房吉は、雲母橋の袂で見守った。

宗久は、半纏の男を従えて骨董屋『雲母堂』を訪れた。

房吉は見届けた。

左近が現れた。

「左近さん……」

「どうやら、彦兵衛どのの脅しが効いたようです」

左近は笑った。

「ええ。それにしても宗久、雲母堂に何しに来たんですかね……」

房吉は眉をひそめた。

「正慶の孔雀明王像、手に負えなくなったのかもしれません」

左近は読んだ。

「ええ。左近さん……」

房吉は、西堀留川を示した。

二人の浪人が、西堀留川沿いの道をやって来た。

左近は見守った。

二人の浪人は、骨董屋『雲母堂』の大きな招き猫を見て立ち止まり、何事か言葉を交わした。そして、骨董屋『雲母堂』の店内に入って行った。

「お客ですかね……」

房吉は眉をひそめた。

「いえ、おそらく違います」

左近は、骨董屋『雲母堂』を見詰めた。

男の叫び声が、骨董屋『雲母堂』から微かに聞こえた。

悲鳴か……。

左近は、骨董屋『雲母堂』に走った。

房吉が続いた。

骨董屋『雲母堂』の店内には、様々な骨董品が並べられており、その間に半纏の男が倒れていた。

二人の浪人はいなかった。
左近は、半纏の男の様子を見た。
半纏の男は、腹を刺されて死んでいた。
左近は、店の奥の誰もいない帳場に進んだ。
帳場の奥には、血の臭いが漂っていた。
左近は、帳場の奥の居間を窺った。
刹那《せつな》、二人の浪人が風呂敷包みを抱えた桂木宗久と匕首《あいくち》を構えた小平次に斬り付けた。
宗久は袈裟《けさ》に斬られ、風呂敷包みを落として仰《の》け反《ぞ》り倒れた。
小平次は、腹を横薙《な》ぎに斬られた。
左近は、咄嗟に傍らにあった香炉《こうろ》を投げた。
二人の浪人は、咄嗟に跳び退いて投げ付けられた香炉を躱《かわ》した。
左近は、二人の浪人の前に立ちはだかった。
「何だ、お前は……」
「邪魔するな……」
二人の浪人は、猛然と左近に斬り掛かった。

左近は、火鉢の火箸を投げた。

火箸は、前にいた浪人の喉を貫いた。

喉を貫かれた浪人は、顔を醜く歪《ゆが》めて仰向《あおむ》けに斃《たお》れた。

「おのれ……」

残る浪人が、左近に斬り付けた。

左近は、苦無《くない》で斬り結んだ。

狭い家の中での殺し合いは、大刀の扱いが難しい。

左近は、無明刀を抜かず苦無で闘った。

「何故、桂木宗久と小平次を斬った」

左近は、残る浪人を見据えた。

「頼まれただけだ……」

残る浪人は、残忍な笑みを浮かべた。

「誰に……」

「云うか……」

残る浪人は、左近に鋭い一刀を放った。

左近は跳び、壁を蹴って反転し、残る浪人の背後に廻った。そして、残る浪人の首に苦無を叩き込んだ。

残る浪人は、悲鳴をあげる事もなく斃れた。

「左近さん……」

桂木宗久と小平次の様子を見ていた房吉が呼んだ。

左近は、宗久の傍にいる房吉の許に行った。

宗久が微かに呻いていた。

「宗久、誰の仕業だ……」

左近は、宗久に訊いた。

「え、閻魔の清七……」

宗久は、苦しげに告げて事切れた。

「閻魔の清七……」

左近は眉をひそめた。

二人の浪人は、盗賊閻魔の清七の指図で桂木宗久と小平次を殺しに来たのだ。

それは、閻魔の清七が桂木宗久や小平次から己の事が洩れるのを恐れての口封じだ。

左近は、宗久の死を見定めた。

「小平次も死んでいます」

房吉は告げた。

「そうですか、ならば此までです」

「じゃあ此《こいつ》を……」

房吉は、宗久が持っていた風呂敷包みを抱えた。

左近は、骨董屋『雲母堂』を後にした。

房吉が、風呂敷包みを持って続いた。

西堀留川は鈍色に光っていた。

左近は、雲母橋の袂で立ち止まって骨董屋『雲母堂』を厳しい面持ちで振り返った。

「どうかしましたか……」

房吉は、左近に怪訝な眼を向けた。

「房吉さん、雲母堂に下男の年寄り、いませんでしたね」

左近は、『雲母堂』を見詰めた。

「そういえば……」

房吉は眉をひそめた。

「あの下男の年寄りが……」

盗賊閻魔の清七……。

左近は、骨董屋『雲母堂』の下男の年寄りが盗賊閻魔の清七だと気が付いた。

「閻魔の清七ですか……」

房吉は、緊張を滲ませた。

「おそらく……」

左近は頷いた。


鉄砲洲波除稲荷傍の公事宿『巴屋』の持ち家は、潮騒《しおさい》に包まれていた。

彦兵衛は、桐箱から仏師正慶の彫った孔雀明王像を取り出した。

「孔雀明王……」

木挽町の骨董屋『真美堂』の文吉は、孔雀明王像を見て眼を輝かせた。

「はい。目利きの桂木宗久、十年前に文左衛門さんを襲った閻魔の清七に殺されましてね」

文吉は彦兵衛の言葉に、思わず子供を抱く女房と顔を見合わせた。

「その時、辛うじて孔雀明王像を取り戻しましてね。さあ、お受け取り下さい」

彦兵衛は告げた。

「良かったわね。文吉さん……」

おりんは、文吉親子のために喜んだ。

「はい。ありがとうございます」

文吉は、彦兵衛に深々と頭を下げた。


鉄砲洲波除稲荷は潮の香りに満ち、白波が寄せては返していた。

左近は、江戸湊に停泊している千石船《せんごくぶね》と行き交う艀《はしけ》を眺めていた。

目利きの桂木宗久と故買屋の小平次は、使い終わった道具のように棄てられ、口を封じられた。

盗賊閻魔の清七は、此のまま町の片隅に大人しく身を潜めるのか、それとも公事宿『巴屋』に恨みを晴らそうとするかもしれない。

面白い……。

左近は、不敵な笑みを浮かべた。

江戸湊はどこまでも広く、眩しく煌《きら》めいた。

第二話　閻魔の清七

一

西堀留川の澱《よど》みは、鈍色に輝いていた。

骨董屋『雲母堂《きらずどう》』は大戸を閉められ、板を×印に釘で打ち付けられていた。

目利き桂木宗久と故買屋の小平次の死体は北町奉行所によって片付けられ、骨董屋『雲母堂』は闕所《けっしょ》となった。

北町奉行所吟味方与力の青山久蔵は、盗賊閻魔の清七の探索を始めた。

文吉は、女房子供を連れて木挽町の骨董屋『真美堂』に戻った。

仏師正慶の彫った孔雀明王像は、暫く世間に内緒にした方が良い……。

彦兵衛は文吉に告げた。

文吉は、彦兵衛の言葉に頷いた。

盗賊閻魔の清七が知れば、再び骨董屋『真美堂』に押し込むかもしれない。

彦兵衛は、秘かに下代の清次に骨董屋『真美堂』を見張らせた。

左近は、姿を消した骨董屋『雲母堂』の老下男を閻魔の清七だと睨んだ。

盗賊閻魔の清七は、目利きの桂木宗久と故買屋の小平次を追い詰めた公事宿『巴屋』彦兵衛たちを恨み、仕掛けて来るかもしれない。

彦兵衛は、公事宿『巴屋』の護《まも》りを固めた。

左近は、閻魔の清七の行方を追った。


本所回向院《ほんじょえこういん》裏の居酒屋は、仕事にあぶれた日雇い人足や博奕打《ばくち》ち、行商人や浪人などが昼間から湯呑茶碗に注がれた酒を飲んでいた。

左近は塗笠《ぬりがさ》を目深《まぶか》に被り、居酒屋の縄暖簾を潜った。

「酒かい……」

髭面《ひげづら》の親父が声を掛けて来た。

「うむ……」

左近は頷いた。

髭面の親父は、湯呑茶碗に酒を満たして左近に出した。

「二十文《もん》だ……」

左近は、金を払って湯呑茶碗に満たされた安酒を飲んだ。

店内の隅では、博奕打ちや人足たちが安酒を飲みながら賽子《さいころ》で賑やかに遊んでいた。

「賑やかだな……」

「此処《ここ》で安酒を飲むのは、仕事に溢れ、博奕に負けた連中だ。空騒ぎでもしなきゃあ、気が滅入るだけだ」

髭面の親父は苦笑した。

「そうか……」

左近は苦笑し、一朱銀《いっしゅぎん》を差し出した。

「誰か捜しているのかい……」

髭面の親父は、左近の差し出した一朱銀を見て眉をひそめた。

「閻魔の清七……」

左近は告げた。

「閻魔の清七か……」

「知っているか……」

「ああ。だけどここ何年も面《つら》を拝んじゃあいねえ……」

「清七、歳の頃は六十ぐらいで、小柄な年寄りだな……」

左近は、骨董屋『雲母堂』の下男の年寄りを思い浮かべて告げた。

「そうだ……」

髭面の親父は頷いた。

「塒《ねぐら》が何処か、知らないか……」

「知らねえな」

「ならば、閻魔一味か盗賊に拘わりのあるような奴は……」

左近は、それとなく客を見廻した。

「それなら、あの端にいる行商の小間物屋《こまもの》の野郎、出入り先のお店やお屋敷の図面を描いては、盗賊に売っているって噂だぜ」

髭面の親父は、薄く笑った。

「名は……」

「玉屋《たまや》の勘吉《かんきち》……」

髭面が告げた。

左近は、一朱銀を髭面の親父に差し出した。
「忝《かたじけね》え……」
髭面の親父は、左近の差し出した一朱銀を握り締めた。
左近は、店の隅で安酒を飲んでいる行商の小間物屋、玉屋の勘吉をそれとなく窺った。
玉屋の勘吉は、湯呑茶碗酒を飲んでいた。
博奕打ちや人足たちの賽子遊びは、賑やかに続いた。
玉屋の勘吉は、回向院裏の居酒屋から出て来て商品の入った荷物を背負った。
歳の頃は四十半ばで手脚の長い男……。
左近は、物陰から勘吉を見守った。
勘吉は辺りを見廻し、本所竪川《たてかわ》に向かった。
本所竪川は大川《おおかわ》と下総中川《しもうさなかがわ》を結び、荷船が行き交っていた。
荷物を背負った勘吉は、本所竪川に架かっている一《ひと》ツ目之橋《めのはし》を渡ろうとした。
「勘吉……」

左近は呼び止めた。

勘吉は、立ち止まって怪訝な面持ちで振り返った。

「やあ……」

左近は、笑い掛けながら近付いた。

「へ、へい……」

勘吉は、笑い掛けながら近付いて来る見知らぬ浪人に戸惑った。

「勘吉、今、何処のお店の見取図があるのかな……」

左近は勘吉に近付き、いきなり斬り込んだ。

「えっ……」

勘吉は狼狽《うろた》えた。

どうやら噂は本当のようだ……。

左近は睨んだ。

「惚《とぼ》けても無駄だ、勘吉。お前、行商先のお店や屋敷の見取図を作っているそうだな」

左近は、勘吉を見据えて囁いた。

「お、お侍……」

勘吉は、怯えを滲ませた。

「そして、その作った見取図を盗っ人に売っている。そうだな……」

左近は笑い掛けた。

「は、はい……」

勘吉は思わず頷いた。

「そいつを私にも売ってもらおうか……」

左近は笑い掛けた。

「えっ……」

勘吉は、左近を見詰めた。

「で、どんな店の見取図があるのかな……」

「お、お侍さん、じゃあ……」

勘吉は、左近を盗っ人だと思った。

「ああ。ところで勘吉、お前の客の中に閻魔の清七に拘《かか》わりのある者、いるかな……」

左近は尋ねた。

「閻魔の清七に拘わりのある者ですかい……」

勘吉は眉をひそめた。

「ああ……」

「さあ、あっしの客にはおりませんが、閻魔の清七の一味の者と知り合いだってのはいますぜ」

「閻魔の清七一味の者と知り合いか……」

「はい……」

「そいつが何処の誰か教えてもらおうか……」

左近は、盗賊閻魔の清七に繋《つな》がる細い糸を辛うじて見付けた。

荷船の船頭が唄う歌は、本所竪川に長閑《のどか》に響いていた。


馬喰町の裏通りに見掛けない男が現れた。

男は半纏を着た遊び人のようであり、公事宿『巴屋』の前を行ったり来たりしていた。

隣の煙草屋の店先に置かれた縁台には、お春、隠居、妾稼業の女たちが腰掛けて世間話に花を咲かせていた。

「お春さん、あの半纏、昼前もうろうろしていたよ」

妾稼業の女は、半纏を着た遊び人を示した。

「ああ。他に托鉢《たくはつ》坊主に風車なんかの子供の玩具《おもちゃ》売り、普段あまり見掛けない者が彷徨《うろつ》いているよ」

隠居は白髪眉をひそめた。

「あいつら、うちの様子を窺っているね」

お春は、公事宿『巴屋』の前を通り過ぎて行く半纏を着た遊び人を見送った。

「遊び人に托鉢坊主、玩具売りですか……」

おりんは眉をひそめた。

「ええ。いつもは見掛けない奴らだそうだよ」

お春は告げた。

「おそらく盗賊閻魔の清七一味の者に間違いないだろうな」

彦兵衛は睨んだ。

閻魔の清七は、目利きの桂木宗久と故買屋の小平次を斬った二人の浪人を斃《たお》し、孔雀明王像を持ち去ったのは、公事宿『巴屋』に拘わりのある者と睨み、探りを入れ始めたのだ。

「どうします」

おりんは、彦兵衛の出方を窺った。


「おりんとお春は、店の者たちに危害が加えられないよう、充分に気を付けてくれ。それからおりん、房吉に私の処《ところ》に来るように云ってくれ……」

彦兵衛は、己の仕事部屋に入って行った。


半纏を着た遊び人は、公事宿『巴屋』を窺って両国広小路に向かった。

隣の煙草屋から房吉が現れ、半纏を着た遊び人を追った。


本所竪川を渡り、南に進むと深川《ふかがわ》になる。

左近は、深川五間堀《ごけんぼり》に架かっている弥勒寺橋《みろくじばし》の傍にある裏長屋の木戸を潜った。

そして、裏長屋に住んでいる安松《やすまつ》という遊び人を訪ねた。


遊び人の安松は、欠伸《あくび》をしながら腰高障子を開けた。

左近が佇んでいた。

「何ですかい、お侍……」

安松は、左近に警戒する眼を向けた。

「お前が安松か……」

「えっ。ええ……」

安松は頷いた。

左近は、安松を押し込んで腰高障子を後ろ手に閉めた。

「な、何、するんですかい……」

安松は、微《かす》かな怯えを過ぎらせた。

「お前、盗賊の閻魔の清七の手下と知り合いだそうだな……」

左近は囁いた。

「えっ……」

安松は、戸惑いを浮かべた。

「そいつは、何て奴で何処にいる……」

左近は、安松を厳しく見据えて無明刀の鯉口を切った。

「お、お侍……」

安松は、恐怖に震えた。

「名前と何処にいるかだ……」

左近は、冷笑を浮かべて安松に迫った。

半纏を着た遊び人は、両国広小路の雑踏を抜け、神田川に架かる浅草《あさくさ》御門を渡った。

房吉は尾行《つけ》た。

半纏を着た遊び人は、蔵前《くらまえ》の通りを浅草に向かって進んだ。そして、鳥越川《とりごえがわ》に架かっている鳥越橋の手前の天王町《てんのうちよう》に入った。

鳥越川は三味線堀《しやみせんぼり》から始まり、途中で新堀川《しんぼりがわ》と合流して浅草御蔵の横手から大川に流れ込んでいる。

半纏を着た遊び人は、天王町を進んで鳥越川に面した商人宿『萬屋《よろず》』の暖簾を潜った。

房吉は見届けた。

浅草広小路は、金龍山浅草寺《きんりゆうざんせんそうじ》の参拝客と奥山《おくやま》の遊び客で賑わっていた。

左近は、北本所から隅田川《すみだがわ》に架かっている吾妻橋《あずまばし》を渡り、浅草広小路の外れを花川戸町《はなかわどちよう》に進んだ。

浅草花川戸町は、隅田川沿いを北に連なっていた。

左近は、花川戸の通りを北に進んで山谷堀《さんやぼり》を越え、今戸町《いまどちよう》に入った。

浅草今戸町は隅田川側に町家があり、反対側に寺が連なっていた。

左近は、連なる寺の門前にある茶店を訪れ、茶を頼んで縁台に腰掛けた。

茶店には、墓に供える花や線香なども売っていた。

「おまちどおさまです」

老亭主が茶を持って来た。

「父っつあん、此《こ》の茶店、笹屋《ささ》だね」

「ええ。そうですが……」

老亭主は、怪訝な面持ちで頷いた。

「ならば、岩城兵馬《いわきひようま》って浪人がいるね」

「ええ。裏の納屋《なや》を造り直した家作《かさく》に……」

老亭主は、茶店の裏手を一瞥《いちべつ》した。

「裏の家作か……」

遊び人の安松は、盗賊閻魔の清七一味にいる知り合いは、浅草今戸町にある笹屋という茶店にいる浪人の岩城兵馬だと吐いた。

遊び人の安松の言葉に嘘偽りはなかった。だが、岩城兵馬が本当に閻魔の清七一味の盗賊かどうかは未だ分からない。

左近は茶を飲んだ。

「岩城さん、どうかしましたかい……」

「いや。別にどうした訳じゃあないが、今もいるかな……」

「きっと。岩城さん、出掛けるのは、いつも夕方近くだからね……」

「そうか……」

左近は茶を飲んだ。

「して、岩城の処には、どんな奴らが出入りしているかな」

左近は訊いた。

「訪ねて来る者は滅多にいなくて、時々おそでさんが掃除に来るぐらいですか……」

老亭主は告げた。

「おそで……」

左近は訊き返した。

「ええ。岩城さんの知り合いの娘ですよ」

「知り合いの娘……」

左近は眉をひそめた。

茶店の裏手から、背の高い若い浪人が現れ、軽い足取りで浅草広小路の方に向かった。

「父っつあん……」

左近は、軽い足取りで去って行く背の高い若い浪人を見送った。

「ああ。岩城兵馬だよ」

老亭主は頷いた。

「邪魔をした……」

左近は、縁台に茶代を置いて浪人の岩城兵馬を追った。


天王町の商人宿『萬屋』は、地方から出て来た商人たちが泊まっていた。

半纏を着た遊び人は、商人宿『萬屋』に入ったまま出て来る気配はなかった。

房吉は、近所の者たちに商人宿『萬屋』について聞き込みを掛けた。

商人宿『萬屋』の馴染客は、関八州《かんはっしゅう》の各地で行商をしている者が多かった。

そして、主の藤五郎《とうごろう》おつた夫婦、番頭の善造《ぜんぞう》と数人の女中や下男がいる。

半纏を着た男が閻魔の清七の一味の者ならば、商人宿『萬屋』と主の藤五郎たちも拘わりがあるのか……。

房吉は、聞き込みを続けた。

そして、公事宿『巴屋』を窺っていた半纏を着た遊び人の名は、音吉《おときち》だと突き止めた。

房吉は、商人宿『萬屋』と音吉と藤五郎たちを調べ続けた。

鳥越川には西日が揺れた。


浅草日本堤《にほんづつみ》の道は山谷堀沿いにあり、下谷三之輪町《したやみのわまち》に続いていた。

浪人の岩城兵馬は、日本堤を進んで新吉原《しんよしわら》の前を通り、三之輪町に向かっていた。

左近は、充分に距離を取って慎重に尾行した。

新吉原を過ぎてからの日本堤の道は、左右に田畑が広がっていた。

浪人の岩城兵馬は、不意に立ち止まった。

左近は、咄嗟に日本堤の道から田畑に跳び下りた。

岩城兵馬は振り返った。

左近は、田畑に潜んだ。
岩城は、日本堤の道と山谷堀、そして左右の田畑を見廻した。
微風が吹き抜け、田畑が僅かに揺れた。
岩城兵馬は苦笑し、再び三之輪町に向かって歩き始めた。
岩城兵馬の苦笑は、左近の尾行に気が付いてのものなのか……。
それとも気が付かず、己の気の所為《せい》だと思ってのものなのか……。
左近は分からなかった。
只《ただ》一つはっきりしたのは、岩城兵馬はそれなりの剣の遣い手だという事だった。
左近は、田畑伝いに岩城兵馬を追った。
夕陽は、行く手にある上野の山陰に沈み始めた。

商人宿『萬屋』には、行商人たちが商いから戻り始めた。
房吉は見張り続けた。
遊び人の音吉は、商人宿の『萬屋』から出て来る事はなかった。
戻って来る者たちの中には、托鉢坊主や風車などの子供の玩具を売る行商人もいた。

公事宿『巴屋』の様子を窺いに来た奴らかもしれない。

房吉は見張った。

骨董屋『雲母堂』の老下男はいない……。

左近は、骨董屋『雲母堂』の下男で桂木宗久と小平次が殺された時、姿を消していた年寄りを盗賊閻魔の清七かもしれないと睨んだ。

その年寄りが商人宿『萬屋』にいる気配は、窺われなかった。

夕陽は沈み、商人宿『萬屋』などの家々には明かりが灯され始めた。

下谷三之輪町は東叡山寛永寺《とうえいざんかんえいじ》の裏、奥州《おうしゅう》街道裏道沿いにある。

奥州街道裏道には、夕暮れ前に千住《せんじゅ》の宿に着いた旅人たちが江戸に向かっていた。

三之輪町に出た浪人岩城兵馬は、そうした旅人と下谷広小路に進んだ。

左近は尾行した。

岩城兵馬は、下谷坂本町《したやさかもとちょう》三丁目の辻を東に曲がった。

辻を東に曲がると入谷《いりや》になる。

入谷……。

左近は、何故か微かな違和感を覚えた。

何だ……。

左近は、微かな違和感が何か思案した。だが、違和感が何かは分からなかった。


入谷鬼子母神《きしもじん》の大銀杏《おおいちょう》の木は、薄暮の空に黒々とした影を伸ばしていた。

岩城兵馬は、鬼子母神裏の小料理屋の暖簾を潜った。

左近は見届けた。そして、揺れる暖簾に書かれている文字を読んだ。

暖簾には、『亀《かめ》や』の屋号が書かれていた。

小料理屋『亀や』は、岩城兵馬の馴染みの店であり、わざわざ浅草今戸町からやって来たのか……。

左近は、再び微かな違和感を覚えた。

微かな違和感は、三之輪町に出た岩城兵馬が入谷に入った時のものと拘わりがあるのか……。

左近は、小料理屋『亀や』を眺めた。

小料理屋『亀や』には明かりが灯され、暖簾は夜風に揺れた。

二

日が暮れた。
浅草天王町の商人宿『萬屋』は、早々と大戸を閉めた。
房吉は、見張りを続けた。
音吉たちが動く気配は、今のところは窺えなかった。
近くの寺の鐘が、戌《いぬ》の刻五つ（午後八時）を鳴らした。
そろそろ引き上げるか……。
房吉がそう思った時、商人宿『萬屋』の潜り戸が開いた。
房吉は身を潜めた。
音吉と二人の男が、商人宿『萬屋』から出て来た。そして、蔵前の通りに向かった。
何処に行く……。
房吉は、暗がり伝《づた》いに追った。

蔵前の通りに行き交う人は少なかった。

音吉と二人の男は、蔵前の通りを神田川に架かっている浅草御門に向かった。

房吉は尾行《つけ》た。

江戸には三十六見付《みつけ》があり、その一つである浅草御門は暮六つ（午後六時）に門を閉じている。

音吉と二人の男は、浅草御門の隣の柳橋《やなぎばし》に向かって神田川沿いの道を進んだ。

何《いず》れにしろ神田川を渡り、両国広小路に行くつもりだ。

房吉は読んだ。

両国広小路から公事宿『巴屋』のある馬喰町は近い。

まさか……。

房吉は、微かな緊張を覚えた。

音吉と二人の男は、神田川に架かる柳橋を渡って両国広小路に進んだ。そして、両国広小路を横切って馬喰町に向かった。

間違いない……。

音吉と二人の男は、公事宿『巴屋』に行くつもりなのだ。

房吉は睨んだ。
馬喰町の裏通りには、夜廻りの木戸番《きどばん》が打ち鳴らす拍子木の音が響いた。
音吉と二人の男は、裏通りを足早に進んだ。
何を企んでいやがる……。
房吉は、微かな焦りを覚えた。
音吉と二人の男は、裏通りを進んで公事宿『巴屋』の前の暗がりに潜んだ。
房吉は見守った。
音吉と二人の男は、公事宿『巴屋』の周囲の暗がりに蠢《うごめ》いた。
房吉は、微かに漂う油の臭いに気が付いた。
付け火……。
音吉と二人の男は、公事宿『巴屋』に火を付ける気なのだ。
野郎……。
房吉は、怒りを覚えた。
音吉と二人の男は、公事宿『巴屋』の大戸や板塀に油を撒き、火を付けようとした。

「付け火だ。火付けだ。火事だ……」

房吉は叫んだ。

声を限りに必死に叫んだ。

付けられた火は、大戸や板塀に撒かれた油を燃え上がらせた。

連なる家々に明かりが灯り、住人たちが出て来る気配がした。

音吉と二人の男は、慌てて逃げた。

房吉は、煙草屋の路地にあった筵《むしろ》を持って公事宿『巴屋』に走り、潜り戸に付けられた火を叩き消し始めた。

清次と彦兵衛が飛び出して来た。

「旦那、付け火です」

房吉は怒鳴った。

彦兵衛と清次は、慌てて板塀に付けられた火を消し始めた。

おりんとお春たち奉公人、そして、公事訴訟で泊まっていた客たちも出て来て火消しに働いた。

木戸番と近所の者たちが駆け付け、用水桶の水を掛けて火を消した。

房吉は安堵した。

「房吉……」

彦兵衛は、房吉に緊張した声を掛けた。

「はい。巴屋の様子を窺っていた野郎どもの仕業ですよ」

房吉は、腹立たしげに告げた。

「そうか……」

付けられた火は、掛けられた油だけを燃やして消えた。

彦兵衛は、泊まり客や近所の者たちに深々と頭を下げて騒がした事を詫び、消火を助けてくれた礼を述べた。


行燈の火は揺れた。

房吉は、彦兵衛とおりんに事の次第を話し始めた。

清次とお春たち奉公人は、交代で『巴屋』の周囲の見廻りと警戒をしていた。

「で、音吉と二人の野郎が油を掛けて付け火をしやがったんですぜ」

房吉は、腹立たしげに話し終えた。

「じゃあ、天王町にある商人宿の萬屋、閻魔一味に拘わりがあるんだね」

おりんは、柳眉《りゅうび》を逆立てた。

「ええ。色々な行商人が泊まっていましてね。おそらく、閻魔一味の盗っ人宿に違いありませんぜ」

房吉は睨んだ。

「そうか……」

彦兵衛は眉をひそめた。

「それで叔父さん、今夜の付け火騒ぎ、御番所《ごばんしょ》に届けるんですか……」

おりんは訊いた。

「さあて、付け火は小火《ぼや》にもならずに消し止められたし、御番所が動けば、萬屋は始末出来ても、閻魔の清七は逸早く江戸から姿を消すだろう。ここはちょいと様子を見た方が良いかもしれないな……」

「ええ……」

おりんと房吉は頷いた。

「火を付けられそうになったそうですね」

左近が入って来た。

「左近さん……」

彦兵衛、おりん、房吉は、左近を迎えた。

「閻魔の清七、孔雀明王像の一件で邪魔をした巴屋を恨み、手下に火を付けろと命じましたか……」

左近は読んだ。

「おそらくそんなところですか……」

彦兵衛は苦笑した。

「で、左近さん、何か分かりましたか……」

房吉は尋ねた。

「ええ。閻魔の清七と拘わりのあるという浪人に辿《たど》り着きましてね」

「浪人ですか……」

「岩城兵馬という名でしてね。出掛けたので尾行たのですが、警戒されましてね。途中で小料理屋に寄って帰られましたよ」

左近は苦笑した。

「尾行、気が付かれたんですか……」

おりんは眉をひそめた。

「それはないと思うが、岩城兵馬、かなりの剣の遣い手でな……」

左近は眉をひそめた。

「何か気になる事でもあるんですか……」

おりんは、左近の胸の内を読んだ。

「う、うむ。岩城兵馬、住まいは浅草今戸町の茶店の家作なのだが、日本堤の土手道を三之輪町に行き、それから奥州街道裏道を入谷の鬼子母神裏の小料理屋に行ったのだが、どうも気になってな……」

左近は、微かな違和感を思い出した。

「その岩城兵馬、三之輪で何処かに寄ったとかは……」

房吉は尋ねた。

「ない……」

左近は、首を横に振った。

「ない……」

房吉は眉をひそめた。

「で、奥州街道裏道を入谷ですか……」

彦兵衛は読んだ。

「ええ……」

「でも、最初から入谷に行くんだったら、日本堤の新吉原の脇の道を下谷竜泉《りゅうせん》寺町《じちょう》を抜けて行った方がずっと近道よね」

おりんは、今戸箕輪《みのわ》浅草の切絵図《きりえず》を広げて今戸からの道を指先で辿った。

「ああ、それなのに三之輪町に出た。ひょっとしたら岩城兵馬、三之輪町から何処かに行く手筈《てはず》だったが、何となく危険を察知して入谷に変えた……」

左近は、想いを巡らせた。

行き先を変えた……。

不意に澱《よど》んでいた微かな違和感が消えた。

「じゃあ岩城兵馬って浪人、本当は千住の方に行くつもりだった……」

房吉は読んだ。

「でも、千住の方に行くなら奥州街道裏道に出るより、千住街道を行った方が近いんじゃあないかしら……」

おりんは、切絵図の千住街道を指で示して首を捻った。

「そうか、そうなると……」

「奥州街道裏道を横切って根岸《ねぎし》の里《さと》か……」

彦兵衛は読んだ。

「旦那、きっとそうですぜ」

房吉は頷いた。

「根岸の里……」

左近は、切絵図を眺めた。

根岸の里は、上野《うえの》の山の北側にあり山谷堀に続く石神井《しやくじい》用水が流れていた。

「ええ。或いはもっと進んで谷中《やなか》に行くか……」

彦兵衛は、切絵図の谷中天王寺《てんのうじ》や千駄木《せんだぎ》を示した。

浪人岩城兵馬は、奥州街道裏道を横切って根岸の里か谷中、千駄木に行くつもりだった。だが、尾行する左近の気配を感じ、急遽《きゆうきよ》行き先を変えて入谷の小料理屋『亀や』に行ったのだ。

左近は睨んだ。

「何《いず》れにしろ商人宿の萬屋は、閻魔の清七一味の盗っ人宿であり、主の藤五郎おつた夫婦と番頭の善造や音吉たちは一味の者に間違いなく、浪人の岩城兵馬もそうだとしたら、必ず閻魔の清七の許に行く筈……」

彦兵衛は読んだ。

「私は岩城兵馬を見張り続けます」

左近は決めた。

「ええ……」

「じゃあ、あっしは萬屋を……」

房吉は告げた。

「うむ。私とおりんは、巴屋の警戒を厳しくするよ」

彦兵衛は頷いた。

岩城兵馬……。

左近は、忍びの者である己の気配を感じ取った岩城兵馬に微かな闘志を覚えた。


翌日、左近は浅草今戸町に赴《おもむ》き、房吉は天王町の商人宿『萬屋』に出掛け、彦兵衛とおりんは公事宿『巴屋』の警戒を始めた。

お春は、近所の人たちに不審者を見たら報せてくれと頼み、隣の煙草屋から行き交う者を見張った。

清次は、『巴屋』の帳場に陣取り、店を訪れる者たちに眼を光らせた。


隅田川の流れは輝いていた。

左近は、浅草今戸町の茶店を見張った。

昨夜、浪人の岩城兵馬は、入谷の小料理屋『亀や』から真っ直ぐに今戸町の茶店の家作に帰った。

左近は、隣の家の屋根に跳び、茶店の裏庭の家作を窺った。

家作の板戸が開き、岩城兵馬が着流し姿で現れた。

岩城兵馬……。

左近は、素早く己の気配を消した。

岩城は、鋭い眼差しで辺りに不審な事がないか見廻した。そして、不審な事はないと見定めて路地に向かった。

左近は、連なる家並みの屋根の上を進んだ。

茶店の路地を出た岩城兵馬は、辺りを警戒しながら山谷堀に向かった。

左近は、連なる家々の屋根伝いに岩城を追った。

岩城は、今戸町の通りを抜けて山谷堀沿いの日本堤に進んだ。

昨日と同じ……。

左近は、岩城が昨日と同じ道筋を行くと読んだ。

よし……。

左近は、連なる家々の屋根から跳び下りて岩城より先に新吉原に向かった。

岩城が昨日とは違って他の処に行った時は、読みが外れたと諦めるしかない。

左近は、岩城の後を追わずに先廻りをする事にしたのだ。

一か八かだ……。

左近は、新吉原に急いだ。

山谷堀には、野菜を積んだ荷船が下って行った。


新吉原は、日本堤の見返り柳の処で衣紋《えもん》坂から五十間《けん》（約九十一メートル）程を進むと、唯一の出入口である大門《おおもん》があった。

新吉原は、昼間から客で賑わっていた。

左近は、見返り柳の傍らに佇み、岩城兵馬の来るのを待った。

岩城は来るか、来ないか……。

左近は、微かな不安を感じた。

僅かな刻が過ぎた。

着流しの侍が日本堤をやって来た。

岩城兵馬……。

左近は見定めた。

岩城は、時々背後を窺っては尾行者のいないのを確かめながらやって来た。

読み通りだ……。

左近は、小さな笑みを浮かべた。

岩城は、左近のいる見返り柳の前を通り過ぎた。

左近は、岩城が新吉原を囲むおはぐろどぶの角を曲がるかどうか見守った。

岩城は、おはぐろどぶの角を曲がって入谷に向かわず、日本堤を三之輪町に向かって真っ直ぐ進んだ。

入谷ではない……。

やはり、三之輪町から根岸の里か谷中に行くのだ。

左近は、見返り柳を離れておはぐろどぶの角に進み、田畑に降りた。そして、田畑を大きく迂回《うかい》し、日本堤を行く岩城を追い抜いた。

岩城は、尾行者はいないと見定め、落ち着いた足取りで三之輪町に向かっていた。

左近は、岩城の前方の日本堤に戻り、三之輪町に急いだ。

日本堤の左右の畑の緑は、微風に揺れて煌めいていた。

天王町の商人宿『萬屋』は、いつもと変わらぬ商いを続けていた。
房吉は見張った。
妙だ……。
泊まり客に出立《しゅったつ》する者はいなく、旅人とは思えぬ男たちが訪れていた。
閻魔の清七は、一味の手下を集めている。
近々押し込みでもするのか……。
房吉は読んだ。
押し込み先は何処だ……。
付け火に失敗した公事宿『巴屋』かもしれない。
房吉は、見張りを続けた。

旅立ちの刻は既に過ぎ、到着には早過ぎる奥州街道裏道に旅人はいなかった。
左近は、根岸の里に続いている三之輪町の辻に佇んでいた。
日本堤から岩城兵馬がやって来た。
これからだ……。

左近は、根岸の里に続く三之輪町の辻から見守った。

岩城兵馬は、奥州街道裏道を横切って根岸の里に続く道に進んだ。

左近は、充分な距離と間を取って岩城を慎重に追った。

三之輪町に来るまで、昨日のような何者かの視線は一切感じなかった。

岩城は尾行者はいないと見定め、町家から田畑の間の道を進んだ。

左近は追った。

根岸の里を流れる石神井用水のせせらぎが微かに聞こえた。

石神井用水の流れは煌めき、水鶏《みずどり》の甲高い鳴き声が響いていた。

岩城兵馬は、石神井用水に架かっている小橋を渡り、流れ沿いの小径を進んだ。

左近は、石神井用水沿いの田畑や林の中を進み、岩城を追った。

岩城は、御行《おぎょう》の松《まつ》や不動尊の草堂《そうどう》のある時雨《しぐれ》の岡《おか》を石神井用水越しに眺めながら進んだ。

幽趣《ゆうしゅ》に満ちた根岸の里は、趣味人や文人墨客《ぶんじんぼっかく》に好まれ、石神井用水沿いには洒落《しやれ》た仕舞屋が並んでいた。

岩城は小径を進み、ある仕舞屋の庭の傍で立ち止まった。そして、庭の掃除をしていた赤い片襷《かただすき》の娘に垣根越しに声を掛けた。

赤い片襷の娘は、岩城に微笑んで垣根の木戸の掛金《かけがね》を外した。

岩城は、仕舞屋の庭の木戸を入った。

赤い片襷の娘は、岩城を庭先から仕舞屋の座敷に誘い、障子を閉めた。

左近は見届けた。

岩城兵馬は、昨日も此の仕舞屋に来るつもりだった。しかし、左近の視線を感じて来るのを止めたのだ。

赤い片襷の娘は、今戸町の岩城の家に時々掃除に来るおそでなのかもしれない。

娘がおそでなら、仕舞屋には父親で岩城の知り合いがいるのかもしれない。

もし、そうだとしたなら、岩城はおそでの父親が誰か知られるのを恐れ、来るのを止めたのだ。

左近は読んだ。

知られるのを恐れる父親とは誰なのか……。

左近は、仕舞屋で娘と暮らす父親が誰なのか想いを巡らせた。

盗賊の閻魔の清七……。
岩城が警戒する様子から見て、閻魔の清七なのかもしれない。
左近は見定める事にした。
岩城の入った仕舞屋は、静けさに包まれていた。

天王町の商人宿『萬屋』には、微かな緊張が漂っていた。
房吉は見張っていた。
恰幅《かっぷく》の良い羽織を着た中年の男が、音吉を従えて商人宿『萬屋』から出て来た。
房吉は、物陰に隠れた。
恰幅の良い羽織を着た中年の男は、商人宿『萬屋』の主の藤五郎……。
房吉は睨んだ。
藤五郎と音吉は、足早に下谷に向かった。
何処に行く……。
房吉は、藤五郎と音吉を追った。
鳥越川は、緩《ゆる》やかに大川に流れ込んでいた。

三

蔵前通りから浅草、寺町《てらまち》を抜けて東叡山寛永寺裏の奥州街道裏道に出る。そして、下谷坂本町の辻を北に向かう。

商人宿『萬屋』の藤五郎は、音吉を従えて下谷坂本町から幾つかの寺の前を進んだ。

行き先は根岸の里……。

房吉は睨み、尾行た。

藤五郎と音吉は、根岸の里に進んだ。

根岸の里、時雨の岡には御行の松と不動尊の草堂があり、石神井用水が流れている。

藤五郎と音吉は、御行の松と不動尊の草堂の傍を通って時雨の岡を降り、石神井用水に架かっている小橋を渡った。

房吉は、不動尊の草堂の陰に潜んで見守った。

藤五郎と音吉は、石神井用水沿いの小径を西に進み、垣根に囲まれた仕舞屋の横手の戸口に向かった。

房吉は見守った。

音吉が戸口を叩き、声を掛けた。

戸口が開き、赤い片襷の娘が顔を出して藤五郎と音吉を招き入れた。

藤五郎と音吉は、仕舞屋に入った。

房吉は見届けた。

「萬屋藤五郎と音吉か……」

左近が、房吉の背後に現れた。

「左近さん……」

房吉は、微かな戸惑いを浮かべた。

「うん……」

「って事は、あの仕舞屋に……」

房吉は、藤五郎と音吉の入った仕舞屋を見詰めた。

「うむ。浪人の岩城兵馬が来ている……」

左近は頷いた。

「やっぱり。で、あの仕舞屋の主は……」

「近くの家の者にそれとなく聞き込んだのだが、清州《せいしゅう》という茶道具屋の隠居と娘のおそでが暮らしているそうだ」

左近は、仕舞屋を眺めた。

「茶道具屋の隠居の清州と娘のおそで……」

房吉は、藤五郎と音吉を迎えた赤い片襷の娘を思い出した。

「それで、隠居の清州の人相風体、骨董屋雲母堂にいた年寄りと似ているようだ……」

「じゃあ……」

房吉は眉をひそめた。

「かもしれぬ……」

左近は頷いた。

「で、浪人の岩城兵馬は何しに来たのですか……」

「さあ、そいつは未だ……」

左近は苦笑した。

「そうですか……」

「して、藤五郎と音吉は……」

「さあ、何しに来たのかは良く分かりませんが、商人宿の萬屋にそれなりの人数が集まりましてね」

「それなりの人数……」

左近は眉をひそめた。

「ええ。もし、隠居の清州が盗賊閻魔の清七ならば、藤五郎と音吉たちは手下であり、盗っ人宿の萬屋に押し込みの人数が揃ったと報せに来たのかもしれませんぜ」

房吉は読んだ。

「押し込み先は……」

「ひょっとして公事宿巴屋……」

「付け火の次は押し込みですか……」

「孔雀明王像の恨み、思ったより深いのかもしれませんね」

「ええ……」

左近は頷き、仕舞屋を眺めた。

仕舞屋の戸が開いた。

左近と房吉は、不動尊の草堂の陰に潜んだ。

藤五郎と音吉が、おそでに見送られて仕舞屋から出て来た。

「どうやら、帰るようですね」

房吉は睨んだ。

「ええ……」

左近は頷いた。

「じゃあ、あっしは……」

房吉は、藤五郎と音吉を追うために時雨の岡から立ち去った。

藤五郎と音吉は、仕舞屋から石神井用水沿いの小径を進み、小橋を渡って時雨の岡に向かって来た。

左近は、不動尊の草堂の陰から消えた。

藤五郎と音吉は、時雨の岡を越えて奥州街道裏道に去った。

左近は見送った。

藤五郎と音吉がこの後どうするかは、房吉が見届ける。

左近は、仕舞屋を眺めた。

僅かな刻が過ぎた。

仕舞屋の座敷の障子が開き、浪人の岩城兵馬が出て来た。

左近は見守った。

おそでと袖無しを着た年寄りが、帰る岩城兵馬を見送りに現れた。

雲母堂の老下男……。

袖無しを着た年寄りは、骨董屋『雲母堂』にいた老下男だった。

茶道具屋の隠居の清州は、盗賊閻魔の清七に間違いない。

左近は見定めた。

岩城兵馬は、清州とおそでに挨拶をして石神井用水沿いの小径を進んだ。そして、石神井用水に架かっている小橋を渡り、時雨の岡に向かった。

左近は隠れた。

岩城は、時雨の岡を越え、藤五郎と音吉が立ち去った道に進んで行った。

浅草今戸町の家に帰る道ではない。

左近は気が付いた。

何処に行く……。

左近は、戸惑いを覚えながらも岩城を追った。

奥州街道裏道には、江戸に着いた旅人が下谷広小路に向かっていた。

岩城兵馬は、奥州街道裏道から下谷広小路に出た。

左近は、慎重に尾行た。

岩城は、下谷御徒町《おかちまち》の組屋敷街を横切って三味線堀に進んだ。

何処に行く……。

左近は追った。


三味線堀は、大名と旗本の屋敷に囲まれている。

岩城兵馬は、三味線堀から東に進んだ。

東に進めば、蔵前通りになって浅草御蔵がある。

左近は、岩城を慎重に追った。

岩城は、鳥越川を渡って天王町に入った。

商人宿『萬屋』に行く……。

左近は、天王町に商人宿『萬屋』があるのを思い出した。

岩城は、商人宿『萬屋』に行くのかもしれない。だが、『萬屋』の主の藤五郎とは根岸の隠居の清州の家で逢ったばかりだ。

左近は戸惑った。

岩城兵馬は、商人宿『萬屋』を眺めた。

商人宿『萬屋』は、いつもと変わらぬ様子で暖簾を揺らしていた。

岩城は、商人宿『萬屋』の周囲を窺った。

商人宿『萬屋』の斜向かいの物陰に眼の鋭い男が潜んでいた。

何者だ……。

岩城は眉をひそめた。

町奉行所か火付盗賊改方《ひつけとうぞくあらためかた》の手先か、それとも公事宿『巴屋』の息の掛かった者か……。

岩城は、想いを巡らせた。

いずれにしろ、眼の鋭い男は商人宿『萬屋』を見張っている……。

商人宿『萬屋』は、何者かの監視下に置かれている。

藤五郎と音吉は、それに気が付かずにいるのだ。

岩城は読んだ。

岩城兵馬は、商人宿『萬屋』に来た。
そして、商人宿『萬屋』を見張っている房吉に気が付いたのだ。
岩城はどう出る……。
房吉が見張っているのは、藤五郎と音吉が既に戻っている証だ。
藤五郎に報せ、房吉を捕らえるか……。
左近は、緊張を滲ませて見守った。
岩城は冷笑を浮かべ、商人宿『萬屋』に行かずに蔵前の通りに向かった。
どうした……。
左近は、戸惑いながらも岩城を追った。

蔵前通りは、神田川に架かる浅草御門と浅草広小路を結んでいる。
鳥越川は蔵前通りを横切り、浅草御蔵の脇から大川に流れ込んでいる。
岩城兵馬は、蔵前通りを神田川に架かっている浅草御門に向かった。
左近は尾行た。
岩城は、浅草御門を渡って両国広小路に向かった。

両国広小路は見世物小屋や露店が並び、様々な人で賑わっていた。

岩城兵馬は、雑踏を抜けて馬喰町に進んだ。

まさか……。

左近は眉をひそめた。

馬喰町の裏通りには、公事宿『巴屋』がある。

行き先は公事宿『巴屋』……。

左近は、微かな緊張を覚えた。

公事宿『巴屋』では、公事訴訟で地方から出て来ている客が公事師《くじし》や下代たちと出入りしていた。

岩城兵馬は、公事宿『巴屋』の様子を窺った。

隣の煙草屋の店先では近所の隠居や女たちがお喋りをしており、連なる店の者たちは通り過ぎる岩城を一瞥した。

不審な者や見知らぬ者への警戒……。

岩城は、公事宿『巴屋』の周囲の様子をそう読んだ。

おそらく公事宿『巴屋』は、付け火騒ぎ以来、夜は押し込みに対する警戒を一段と厳しくしている筈なのだ。
岩城は睨んだ。

公事宿『巴屋』の様子を窺っている……。
左近は読んだ。
岩城は、公事宿『巴屋』の警戒の有り様などを探っているのだ。
左近は、公事宿『巴屋』の警戒を探る岩城を斜向かいの家並みの屋根の上から眺めた。
岩城兵馬は、天王町の商人宿『萬屋』に続き、公事宿『巴屋』の様子を窺った。
それは、何を意味しているのか……。
左近は、想いを巡らせた。
押し込む盗賊のいる商人宿『萬屋』と、押し込まれる筈の公事宿『巴屋』……。
岩城は、その両者の様子を窺っている。
左近は、岩城の動きを読んだ。
商人宿『萬屋』には見張る者がおり、公事宿『巴屋』は警戒を厳しくしている。
岩城は、それをどう読むのか……。

左近は、岩城を見守った。

岩城は苦笑を浮かべ、公事宿『巴屋』の前から踵《きびす》を返した。

左近は追った。


夕陽は石神井用水の流れに映《は》え、根岸の里には水鶏の鳴き声が響いていた。

左近は、時雨の岡から茶道具屋の隠居清州の、垣根に囲まれた仕舞屋を見張っていた。

羽織を着た隠居清州こと閻魔の清七が岩城兵馬を従え、おそでに見送られて仕舞屋から出て来た。

盗賊閻魔の清七が動く……。

左近は、岩城と清七を見守った。

岩城と清七は、石神井用水沿いの小径を時雨の岡に向かった。

左近は姿を消した。


大川を行く船は、船行燈の明かりを流れに映していた。

屋根船は、大川から鳥越川を進んで天王町の船着場に船縁《ふなべり》を寄せた。

商人宿『萬屋』は既に大戸を閉めていた。

岩城兵馬は、周囲の暗がりを鋭く見廻して不審な者がいないのを見定めた。

「お頭《かしら》……」

岩城は、閻魔の清七に囁いた。

閻魔の清七は、大戸の潜り戸を静かに叩いて店内に囁いた。

「俺だ……」

潜り戸が開き、音吉が現れて閻魔の清七と岩城兵馬を店内に招いた。

清七と岩城は、素早く商人宿『萬屋』の潜り戸を潜った。

斜向かいの家の路地の暗がりが揺れた。

左近と房吉が潜んでいた。

「閻魔の清七と岩城兵馬ですか……」

房吉は眉をひそめた。

「ええ……」

左近は、厳しい面持ちで頷いた。

商人宿『萬屋』の座敷の行燈は、向かい合っている閻魔の清七と藤五郎の顔を仄《ほの》かに照らしていた。

「ですがお頭、このまま尻尾《しっぽ》を巻いて巴屋を放っておけば、閻魔の一味は盗賊仲間の笑い者ですぜ」

藤五郎は熱《いき》り立っていた。

「だが藤五郎、此の宿も見張られ、巴屋の警戒も厳しいとなると、下手な押し込みは命取りだ。笑いたい奴には笑わせておけ……」

清七は、藤五郎を見据えて嗄《しゃが》れ声で告げた。

「お頭、此処が見張られているってのは本当なんですかい……」

藤五郎は眉をひそめた。

「ああ。兵馬が見定めた。だから藤五郎、此処は俺の云う事を聞いて押し込みを止め、手下のみんなを早々に散らせるんだ」

清七は命じた。

「じゃあ、見張ってる野郎を捕まえて何処の誰か吐かせてやりますぜ」

藤五郎は、苛立たしげに吐き棄てた。

「藤五郎、おそらく相手は桂木宗久と小平次を追い詰め、手練《てだ》れの二人の浪人を斬り棄てた奴らだ。容易に捕まると思うか……」

「じゃあ尚更《なおさら》、巴屋に押し込んで……」

「藤五郎……」

清七は、怒りを滲ませて藤五郎を見据えた。

藤五郎は、微かに身震いをした。

「どうしても、頭の俺の云う事は聞けねえって云うのか……」

「お頭、音吉たちみんなも俺と同じ意見です。後はあっしに任せて下さい」

藤五郎は、負けまいと必死の面持ちで清七を見返した。

襖が開き、番頭の善造と音吉たち一味の者たちが現れて藤五郎の側に付いた。

「裏切るのか、藤五郎……」

清七は、嘲りを浮かべた。

刹那、清七の背後に現れた岩城兵馬が抜き打ちの一刀を放った。

閃光が走り、手下の一人が血を撒き散らして倒れた。

藤五郎と善造、音吉たち手下は怯んだ。

「死にたくなければ、手出しをするんじゃあない……」

清七は、手下たちに冷たく云い放った。

「音吉、みんな……」

藤五郎は、嗄れ声を引き攣《つ》らせた。

音吉と手下たちは、匕首《あいくち》を構えて清七と岩城に襲い掛かった。

岩城は、清七を庇《かば》って手下たちを斬り棄て、障子や雨戸を蹴破って庭に出た。

左近は、商人宿『萬屋』の屋根から庭を見下ろした。

眼下の庭では、善造と音吉たち手下が岩城と清七を取り囲んでいた。

仲間割れか……。

左近は苦笑した。

「これまでだな、お頭。閻魔一味はあっしが引き受けましたぜ」

藤五郎は、冷酷な笑みを浮かべた。

「藤五郎、もう一度云う。公事宿巴屋に下手に押し込めば命取りだ……」

清七は、哀れむように老顔を歪《ゆが》めた。

「煩《うる》せえ、老いぼれ。さっさと殺せ……」

藤五郎は命じた。

善造と音吉たち手下は、匕首を構えて清七と岩城兵馬に迫った。

岩城は、刀を縦横に閃かせた。

手下たちが次々に倒れた。だが、手下たちは多く、清七と岩城は次第に押された。

清七が手傷を負い、血に塗《まみ》れた。

「お頭……」

岩城は、清七を助けて必死に斬り合った。

善造が清七に襲い掛かった。

岩城は、咄嗟に清七を庇って善造の長脇差《ながどす》を弾き飛ばした。

刹那、音吉が岩城に匕首で突き掛かった。

音吉の匕首は、岩城の脇腹に突き刺さった。

岩城は、思わず片膝をついた。

「おのれ……」

岩城は、片膝をついたまま音吉を横薙ぎに斬り棄てた。

音吉は、血を飛ばして仰け反り倒れた。

「兵馬……」

清七は、岩城を助け起こした。

善造たち手下が、清七と岩城に殺到した。

次の瞬間、左近は瓦を蹴って夜空に跳んだ。そして、無明刀を抜いて手下たちを頭上から襲った。

手下たちは驚き、激しく狼狽《うろた》えた。

無明刀は煌《きら》めき、血が飛び、数人の手下が一瞬で斃れた。

清七と岩城は逃げた。

左近は、鋒《きつさき》から血の滴《したた》る無明刀を提《さ》げて藤五郎と善造たち手下と向かい合った。

「て、手前は……」

藤五郎は眉をひそめた。

「世間の諸毒を除く孔雀明王……」

左近は苦笑した。

「巫山戯《ふざけ》るな……」

藤五郎は、怒りに声を震わせた。

「盗賊閻魔一味の藤五郎……」

左近は、藤五郎を冷たく見据えた。

藤五郎は怯んだ。
「善造たち手下と一緒に地獄に行くんだな」
左近は、藤五郎と善造たちに笑い掛けた。
善造たち手下は、引き込まれるように左近に斬り掛かった。
左近は、僅かに腰を沈めて無明刀を煌めかせた。
煌めきが走り、善造たち手下は血を飛ばして次々に斃れた。
左近は、冷ややかに藤五郎を見詰めた。
藤五郎は、恐怖に後退《あとじさ》りして身を翻した。
左近は、斃れている善造の長脇差を取って投げた。
長脇差は唸りをあげて飛び、藤五郎の背に深々と突き刺さって胴震いした。
藤五郎は呆然と眼を瞠《みは》り、前のめりに顔から倒れ込んで死んだ。
左近は、藤五郎の死を見届けて無明刀を一振りした。
空を斬る音が短く鳴り、鋒から血の雫《しずく》が飛んだ。

四

手傷を負った閻魔の清七と岩城兵馬は、助け合いながら蔵前通りを北に急いだ。
房吉は尾行《つけ》た。
清七と岩城は、浅草御蔵の前を通って東に曲がり、大川に向かった。
舟か……。
房吉は眉をひそめた。
東に曲がった大川には御厩河岸《おうまやがし》があり、船着場がある。
清七と岩城は、舟で逃げるつもりなのだ。
房吉は読み、追った。

大川の流れは暗かった。
御厩河岸の船着場に人気はなく、繋がれた猪牙舟《ちょきぶね》が揺れていた。
清七と岩城は、猪牙舟に乗り込んで舫《もや》い綱を解いた。
猪牙舟は清七と岩城を乗せ、大川の暗い流れに乗った。

房吉は焦った。

だが、船着場の他の舟は岸に上げられており、追う事は出来なかった。

房吉は、悔しく見送るしかなかった。

清七と岩城の乗った猪牙舟は、大川の暗い流れに消え去った。


天王町の商人宿『萬屋』にいた藤五郎を始めとした盗賊閻魔一味は、左近によって始末された。

盗賊の頭である閻魔の清七は、用心棒の岩城兵馬と一緒に斬り抜け、御厩河岸から猪牙舟で大川の暗い流れに消え去った。

「藤五郎や音吉たち手下は始末したが、逃げ去った閻魔の清七と浪人の岩城兵馬がこれからどうするかですな」

彦兵衛は眉をひそめた。

「ええ。それによっては、清七と岩城兵馬も始末するしかないでしょう」

左近は冷笑を浮かべた。

「それにしても、商人宿萬屋の藤五郎がお頭の清七を裏切って仲間割れを起こすとは……」

房吉は呆れた。

「所詮、盗賊は盗賊です……」

左近は、冷たく云い放った。

「ま、そんなところですか。で、どうします」

彦兵衛は、左近の出方を窺った。

「とにかく、閻魔の清七と浪人の岩城兵馬の行方を追います」

左近は告げた。

「分かりました。萬屋の藤五郎たち盗賊の事は、私から北町奉行所の青山久蔵さまにそれとなく伝えておきます」

彦兵衛は告げた。


根岸の里には、石神井用水の流れが煌めき、水鶏の鳴き声が長閑《のどか》に響いていた。

左近は時雨の岡の御行の松の傍に佇み、石神井用水の流れの側に建つ垣根に囲まれた仕舞屋を眺めていた。

仕舞屋の横手から房吉が現れ、石神井用水沿いの小径を小走りに進み、小橋を渡って時雨の岡にやって来た。

「どうです……」

左近は迎えた。

「清七と岩城、戻っちゃあいませんね」

房吉は眉をひそめた。

「そうですか……」

「清七と岩城、手傷を負っていましたから、あのまま大川を流され、戻って来るのに刻が掛かるのかもしれませんね」

房吉は読んだ。

「だとしたら、浅草は今戸の岩城兵馬の家かもしれません。私が行って来ます。房吉さんは此処を頼みます」

「心得ました」

房吉は頷いた。

左近は、根岸の里時雨の岡から浅草今戸町に急いだ。

房吉は、垣根に囲まれた仕舞屋を見張った。

赤い片襷をしたおそでが現れ、仕舞屋の庭の掃除を始めた。

おそでは、清七と岩城の置かれた情況を知らない……。

房吉は見守った。


浅草今戸町の茶店では、墓参りの客が花や線香を買っていた。

左近は、茶店の裏手の家作に廻った。

裏手の家作の中には、人のいる気配は窺えなかった。

左近は、家作に忍び込んだ。

狭い家作の中は冷え冷えとしており、血や薬の臭いはなかった。

左近は、火鉢や竈《かまど》を検《あらた》めた。

火鉢や竈の灰は固まっていた。

昨日から使われた痕跡はない。

それは、清七と岩城が湯を沸かして傷の手当てをしていない証だ。

清七と岩城は此処に来ていない……。

左近は睨んだ。

根岸の里の清七の仕舞屋にも、今戸町の岩城の家にも来ていないとなると、二人は何処にいるのか……。

左近は想いを巡らせた。

何処に隠れたとしても、清七は娘のおそでには何らかの手立てで繋ぎを取る筈だ。
娘のおそでだ……。
左近は、根岸の里に戻る事にした。

根岸の里に風鈴の音が響いた。
房吉は、風鈴の音のする石神井用水沿いの小径を眺めた。
風鈴を下げた文籠《ふみかご》を担いだ便《たよ》り屋が、石神井用水沿いの小径をやって来た。
〝便り屋〟とは町飛脚《まちびきやく》の一種であり、風鈴は手紙を依頼する者への報せだった。
便り屋は、石神井用水沿いの小径を進んで垣根に囲まれた仕舞屋の横手に入った。
清七からの手紙かもしれない……。
房吉の勘が囁いた。
便り屋が、仕舞屋の横手から出て来た。
おそでに手紙を渡したのだ。
房吉は睨んだ。

便り屋は、風鈴を鳴らしながら来た道を戻って行った。

風鈴の音は遠ざかる。

房吉は見送った。

「便り屋ですか……」

左近が戻って来た。

「ええ。おそでの処に。ひょっとしたら清七からの繋ぎかもしれません」

房吉は告げた。

「ええ……」

「で、今戸は……」

「出掛けたままで、戻った形跡はありませんでしたよ」

「そうですか。何処にいるのか……」

房吉は眉をひそめた。

「房吉さん……」

左近が、垣根に囲まれた仕舞屋を示した。

おそでが、風呂敷包みを抱えて仕舞屋から現れた。

左近と房吉は見守った。

おそでは、緊張した面持ちで石神井用水沿いの小径を足早に進んだ。

「行き先は、清七と岩城の処ですか……」

房吉は読んだ。

「きっと……」

左近は頷き、おそでを追った。

房吉は続いた。


下谷から浅草……。

おそでは、風呂敷包みを抱えて隅田川に架かっている吾妻橋を渡った。

左近と房吉は追った。

おそでは、尾行る者がいるかどうかを気にする事もなく足早に進んでいた。

「おそで、清七と岩城が怪我をしたのを便り屋の手紙で知ったのでしょう」

「で、一刻も早く二人の処に行きたいと……」

左近と房吉は読んだ。

おそでは、北本所源森川《げんもりがわ》沿いを東に進んで横川《よこかわ》に出た。

本所横川は、竪川や小名木川《おなぎがわ》を貫いて本所深川を南北に流れている。

おそでは風呂敷包みを抱え、業平橋《なりひらばし》の袂から横川沿いの道を南に進んだ。

左近と房吉は追った。

おそでは、南北の割下水《わりげすい》の前を抜けて本所竪川に出た。

何処迄行くのだ……。

左近と房吉は尾行た。

おそでは、本所竪川に架かっている新辻橋《しんつじばし》を渡って深川に入った。


このまま進めば、小名木川があり仙台堀《せんだいぼり》がある。そして、尚も横川沿いを進んだ南の端には、深川の木置場《きおきば》と大名家の江戸下屋敷が数多くあり、埋立地が広がっている。

木置場、大名家江戸下屋敷、埋立地……。

清七と岩城兵馬は、その辺りに潜んでいるのかもしれない。

左近は読んだ。

「房吉さん、先廻りします」

「えっ……」

房吉は戸惑った。

左近は、戸惑う房吉を残して傍らの清住町《きよすみちょう》代地の町家の路地に走り込んだ。

房吉は、おそでを追い続けた。

おそでは、小名木川に架かっている新高橋《しんたかばし》を渡り、横川沿いを足早に進んだ。

木の香りが漂って来た。


左近は、清住町代地の町家の路地を走って横川に架かっている福永橋《ふくながばし》の袂に出た。

福永橋は、仙台堀と交差する手前の横川に架かっている。

左近は、横川沿いの道を振り返った。

遠くにやって来るおそでが見えた。

左近は、仙台堀の向こう側を眺めた。

仙台堀に架かっている埼川橋《さきかわばし》があり、木置場と大名家の江戸下屋敷が見えた。

左近は、埼川橋の上に佇んで周囲を見廻した。

西に大川に続く仙台堀と深川の町、南に木置場と大名家の江戸下屋敷、東に深川の埋立地、北に横川とその側の道を来るおそでが見えた。

一軒の大名家の江戸下屋敷から年老いた下男が現れた。

左近は、年老いた下男に気が付いた。

年老いた下男は埼川橋を眺め、肩を落として大名家の江戸下屋敷に戻って行った。

年老いた下男は、埼川橋に誰かが来るのを待っているのかもしれない。

誰かとはおそでか……。

左近の勘が囁いた。

もしそうだとしたなら、傷付いた閻魔の清七と岩城兵馬は、大名家の江戸下屋敷に知り合いがおり、匿ってもらっているのかもしれない。

左近は読んだ。

何処の大名家の江戸下屋敷だ……。

左近は、通り掛かった木置場人足に尋ねた。

「ああ。あの大名屋敷は、信濃《しなの》国は松永《まつなが》藩の下屋敷ですぜ……」

信濃国松永藩江戸下屋敷……。

左近は知った。

大名家の江戸下屋敷は別荘的な役割であり、詰めている留守居番《るすいばん》の家来や奉公人は少ない。ましてや深川の外れの下屋敷だ。別荘としてよりも、蔵屋敷的な役割が大きいのかもしれない。だとすれば、留守居番の人数は少ないとみて良い。

左近は睨んだ。

おそでが、横川沿いの道をやって来た。

左近は、埼川橋の袂に身を潜めた。

おそでは、埼川橋の上に佇み、乱れた息を鳴らしながら周囲を見廻した。

左近は見守った。

「左近さん……」

房吉が、埼川橋に佇むおそでを見ながら左近の傍にやって来た。

「どうやら、清七と岩城兵馬、信濃国松永藩の江戸下屋敷にいるようです」

左近は、松永藩江戸下屋敷を示した。

「松永藩江戸下屋敷……」

房吉は、左近の示した松永藩江戸下屋敷を眺めた。

「ええ……」

左近は頷いた。

松永藩江戸下屋敷の表門脇の潜り戸が開き、年老いた下男がおそでのいる埼川橋に向かって駆け出して来た。

睨み通りだ……。

左近は、おそでと年老いた下男を見守った。

年老いた下男は、おそでに何事かを告げて松永藩江戸下屋敷に誘った。

おそでは、年老いた下男に誘われて松永藩江戸下屋敷に入った。

「左近さん……」

房吉は眉をひそめた。

「様子を見て来ます」

左近は、松永藩江戸下屋敷に走り、土塀の上に跳んだ。


土塀の上に跳んだ左近は、松永藩江戸下屋敷内を見廻した。

表門の番所には数人の中間《ちゅうげん》がおり、家来の姿はなかった。

西側には作事《さくじ》小屋や炭小屋などと長屋があり、年老いた下男とおそでが行くのが見えた。

左近は、土塀の屋根を走って作事小屋の裏に跳び下り、長屋に走った。

長屋の表には、既に年老いた下男とおそでの姿は見えなかった。

左近は、長屋に連なる家々を窺った。
薬湯《やくとう》の臭いが仄かに漂っていた。
清七と岩城兵馬の傷の手当てのための薬湯……。
左近は読み、薬湯の臭いを辿った。
薬湯の臭いは、長屋の奥の家から漂っていた。
左近は、長屋の奥の家の腰高障子の傍に忍んだ。そして、家の中を窺った。
家の中には薬湯の臭いが満ち、人のいる気配がした。
此処だ……。
左近は、隣の家が空き家だと見定めて忍び込んだ。
隣の家には人の暮らしている気配はなく、薄暗く冷え冷えとしていた。
左近は、坪錐《つぼきり》を出して隣の家との間の壁に小さな穴を開けて覗いた。
隣の家の中には、蒲団で眠っている岩城兵馬、おそでと清七、年老いた下男がいた。
左近は覗き、聞き耳を立てた。

「それでお父っつあん、兵馬さまは……」

おそでは、兵馬を見詰めて哀しげに声を震わせた。

「心配するな、命は助かる。おそで、お前は此処で兵馬さんの看病をするんだ」

「はい……」

おそでは、手桶の水で手拭を絞り、兵馬の顔に滲む汗を拭い始めた。

「重《しげ》さん……」

清七は、年老いた下男を家の外に促した。

重さんと呼ばれた年老いた下男は、清七に続いて家の外に出た。


「どうした、清さん……」

重さんは、清七に怪訝な眼を向けた。

「さっき、埼川橋に総髪《そうはつ》の浪人がいると云ったな……」

清七は尋ねた。

「ああ。そいつがどうかしたか……」

重さんは眉をひそめた。

「おそらく、おそでを見張り、追って来たのだろう……」

清七は苦笑した。

「役人か……」

「いや、違う。おそらく、藤五郎の外道《げどう》に裏切られた時、助けてくれた奴だ……」

清七は、夜空から現れた左近を思い出した。

「助けてくれた奴……」

「ああ……」

「助けてくれた奴が追って来たのか……」

「きっとな。そこでだ、重さん。追手の狙いは盗賊閻魔の清七だ……」

清七は笑った。

「清さん……」

重さんは、清七の覚悟に気が付いた。

「重さん、おそでと兵馬さんは相惚《あいぼ》れだ。宜しく頼むぜ……」

清七は、重さんに深々と頭を下げた。

左近は、長屋の屋根の上で盗賊閻魔の清七の覚悟を知った。

松永藩江戸下屋敷の表門脇の潜り戸が開いた。

閻魔の清七が、年老いた下男の重さんに見送られて出て来た。

「世話になったな、重さん。おそでと兵馬さんをな……」

「ああ。若い頃、どじばかり踏んでいた俺を何度も助けてくれた清さんの頼みだ。任せておきな……」

「ありがてえ。じゃあな……」

清七は、笑みを浮かべて埼川橋に向かった。

左近と房吉は、埼川橋に佇んでいた。

閻魔の清七は、埼川橋に進んで左近と房吉の前に立ち止まった。

「閻魔の清七だが、お前さんたちは……」

清七は、左近と房吉を見詰めた。

「あっしは公事宿巴屋の下代の房吉。こちらは……」

「出入物吟味人、日暮左近……」

左近は名乗った。

「公事宿巴屋の人たちか……」

清七は苦笑した。

「十年前、閻魔の清七一味の押し込みに遭い、主を殺され、金と孔雀明王像を奪われた木挽町の骨董屋真美堂に頼まれた……」

左近は告げた。

「そうでしたか、良く分かりました。仰《おっしゃ》る通りですので、御存分に。その代わり……」

清七は、左近を見詰めた。

「ならば閻魔の清七……」

左近は遮《さえぎ》った。

「は、はい……」

清七は緊張した。

「此のまま北町奉行所に同道してもらおう」

左近は、岩城兵馬に触れずに笑い掛けた。

「承知しました」

清七は、深々と頭を下げた。

五日後、浪人岩城兵馬とおそでは、松永藩江戸下屋敷から姿を消した。

そして一月後、盗賊閻魔の清七は、磔《はりつけ》獄門《ごくもん》の裁きを受けて処刑された。

閻魔の清七の首は、小塚原《こづかっぱら》の刑場の獄門台に晒《さら》された。

その顔は微笑んでいる……。

左近にはそう見えた。

木挽町の骨董屋『真美堂』は、店に仏師正慶が彫った孔雀明王像を飾った。

第三話　神隠し

一

日本橋川の流れは外濠《そとぼり》から大川に続き、架かっている日本橋には多くの人が行き交っていた。

旅姿の老爺《ろうや》と十三、四歳の孫娘は、連なる店と行き交う大勢の人を物珍しそうに見廻しながら日本橋に向かった。

日本橋を渡った旅の老爺と孫娘は、室町《むろまち》の賑やかな通りを進んで大店《おおだな》の前で立ち止まった。

老爺は、薄汚れた菅笠《すげがさ》をあげて軒に掲げられた古びた看板を見上げた。

「呉服屋丸菱屋《まるびしや》……」

老爺は、眼を細めて古びた看板を読んだ。

「祖父ちゃん……」
十三、四歳の孫娘は、心細げに老爺を見上げた。
「心配するな、おかよ……」

老爺は、おかよと呼んだ十三、四歳の孫娘の着物の埃を払い、着崩れを直してやった。

おかよは、客で賑わっている呉服屋『丸菱屋』を不安げに眺めた。

呉服屋『丸菱屋』の店内では、番頭や手代たちが客に着物や反物《たんもの》を見せて忙しく商売をしていた。

小僧が、奥の帳場にいる一番番頭の伝兵衛《でんべえ》の許に駆け寄った。

「あの、一番番頭さん……」

「なんですか……」

一番番頭の伝兵衛は、帳簿を付けながら小僧を一瞥《いちべつ》した。

「はい。平作《へいさく》さんって方がお嬢さまをお連れしたと……」

「お嬢さま……」

伝兵衛は、戸惑いを浮かべた。

「はい。おかよさまと仰る……」

小僧は、店の戸口の隅に佇んでいる旅姿の老爺とおかよを示した。

「おかよ……」

一番番頭の伝兵衛は、白髪眉をひそめて緊張を滲ませた。

「はい……」

「分かった。店の部屋にお通ししなさい」

伝兵衛は、小僧に命じた。


老爺の平作と孫娘のおかよは、店の隅の小さな部屋に通され、出された茶にも手を付けず緊張に身を固くしていた。

「お待たせ致しました」

一番番頭の伝兵衛が入って来た。

平作とおかよは、手をついて深々と頭を下げた。

「平作さんにおかよさんですか……」

伝兵衛は、警戒するように平作とおかよを見詰めた。

「はい。私は秩父《ちちぶ》の大滝《おおたき》村で百姓と猟師をしている平作と申す者にございます。で、此《こ》の娘はかよと申しまして、此方《こちら》の丸菱屋のお嬢さまにございます」

平作は、俯《うつむ》いているおかよを示した。

おかよは顔をあげた。

伝兵衛は、おかよの顔をまじまじと見詰めた。

おかよは、恥ずかしそうに俯いた。


馬喰町の公事宿『巴屋』は、公事訴訟の客と役所への出頭も終え、静かな昼下がりを迎えていた。

主の彦兵衛は、出入物吟味人の日暮左近と共に公事宿『巴屋』に戻って来た。

「今、戻ったよ」

「お客さまがお待ちかねですよ」

おりんが迎えた。

「お客……」

「ええ。伝兵衛さんって、室町の呉服屋丸菱屋の一番番頭さんですよ」

おりんは告げた。

「ほう。呉服屋丸菱屋の一番番頭の伝兵衛さんか……」

彦兵衛は、呉服屋『丸菱屋』の名は知っていたが、旦那や番頭と個人的な拘わりはなかった。

「ええ。座敷に……」

「分かった」

「じゃあ彦兵衛さん、私はこれで……」

左近は帰ろうとした。

「左近さん、ちょいと待っていて下さい」

彦兵衛は、小さな笑みを浮かべた。

「何か……」

左近は眉をひそめた。


「お待たせ致しました……」

彦兵衛は、呉服屋『丸菱屋』一番番頭の伝兵衛と挨拶を交わした。

「して伝兵衛さん、手前にお話とは……」

彦兵衛は、伝兵衛を促した。

「は、はい。巴屋さんは、十年前に丸菱屋に起きた神隠しを御存知ですか……」

伝兵衛は、声を潜めて尋ねた。

「十年前の神隠しですか……」

「はい。当時、丸菱屋の三歳になるお嬢さま、おかよさまが不意にいなくなり、世間では神隠しに遭ったと……」

「神隠しなど、滅多にない事。丸菱屋さんの神隠しは、手前も良く覚えておりますよ」

彦兵衛は頷いた。

「はい。御奉行所のお役人さまたちも手を尽くしてくれたのですが、お金を用意しろという脅し文もなく、亡骸も見付からず……」

伝兵衛は、十年前を思い出したのか、鼻水を啜《すす》った。

「やがて、世間が神隠しだと言い出しましたか……」

彦兵衛は、十年前に江戸一番の話題になった騒ぎを忘れてはいなかった。

「左様にございます」

伝兵衛は頷いた。

「して、その十年前の神隠しがどうかしましたか……」

「お戻りになったんです。十年前、神隠しに遭われたお嬢さま、おかよさまが……」

伝兵衛は、困惑を浮かべた。

「神隠しに遭ったお嬢さまが戻った……」

彦兵衛は驚いた。

「はい……」

「その戻ったお嬢さま、おかよさまに間違いないのですか……」

彦兵衛は念を押した。

「それが、十年前、おかよさまが行方《ゆきがた》知れずになった時、身に付けられていた金《きん》襴《らん》の袋がありましてね。その中に身許《みもと》と名前を書き記した紙が入っているのですが……」

「戻ったお嬢さま、おかよさまでしたか、その金襴の袋は……」

「はい。お持ちになっておりました」

「持っていた……」

「はい……」

「では、その中には……」

「名前と身許の書かれた紙がありました」

「字は……」

「旦那さまの字に間違いございません」

「ならば、お嬢さまのおかよさまに相違ないのでは……」

確かな証拠はあるのだ。

「はい。そうなのですが、名前と身許を書いた紙を入れた金襴の袋は本物でも、持っている娘が本物とは限りません」

伝兵衛は、困惑した面持ちで告げた。

「成る程《なほど》。では、お嬢さまの身体に何か変わった特徴は……」

「お内儀《かみ》さまのお話では、此《これ》といって何もないそうにございます」

「ありませんか。して伝兵衛さん、丸菱屋の旦那さまやお内儀さまは何と仰っているのですか……」

「十三歳のおかよさまに三歳の時の面影をお探しなのですが、中々《なかなか》それらしいものもなく。旦那さまとお内儀さまもお辛い事と存じます」

伝兵衛は、主夫婦に同情した。

「成る程《なほど》。して伝兵衛さん、おかよさまを連れて来た大滝村の平作さんは……」

「はい。十年前、山で泣いていたおかよさまを見付けて育てて来たが、お返しする潮時《しおどき》だと思い、送って来たと。で、いつの間にかいなくなっておりました」

「ほう。いつの間にか……」

彦兵衛は、おかよを呉服屋『丸菱屋』に送り届けていつの間にか姿を消した平作が気になった。

「はい……」

「それで伝兵衛さん、手前どもに何をしろと……」

「彦兵衛さん、秩父から来た娘が本当にお嬢さまのおかよさまかどうか、見極めてはいただけないでしょうか……」

「見極める……」

「はい……」

伝兵衛は、彦兵衛に縋《すが》る眼を向けた。

十年前、神隠しに遭った娘が帰って来たといって俄《にわか》に信じられるものではなく、疑って当然だ。

面白い……。

彦兵衛は、腹の内で呟《つぶや》いた。

室町の呉服屋『丸菱屋』の一番番頭の伝兵衛は、彦兵衛に問われるままに主や店のありようなどを答え、公事宿『巴屋』から帰って行った。

室町の呉服屋『丸菱屋』は、江戸でも名高い老舗《しにせ》大店であり、その身代《しんだい》はかなりの物だと噂されていた。

主の徳一郎《とくいちろう》の家族は、内儀の松乃《まつの》、十一歳と五歳の女の子がいた。

子供は、三歳の時に神隠しに遭った長女のおかよを入れて三人なのだ。そして、番頭は伝兵衛を入れて四人おり、手代や小僧、下男や女中たちも大勢いた。

そして、呉服屋『丸菱屋』には、向島《むこうじま》で暮らす徳翁《とくおう》という名の隠居がいた。

徳翁は、隠居の身とはいえども呉服屋『丸菱屋』に隠然たる力を誇っていた。

おかよは、その隠居の徳翁の向島の家に引き取られた。

隠居の徳翁は、おかよの素性を見極めようとしている。

彦兵衛は読んだ。

「ならば、おかよは今、隠居の徳翁の向島の家にいるのですか……」

左近は尋ねた。

「ええ。向島の木母寺《もくぼじ》と水神《すいじん》の間に丸菱屋の持ち家があるそうでして、隠居の徳翁はそこで弥平《やへい》とおしまという中年の下男夫婦と暮らしていましてね。おかよはそこに引き取られているそうですよ」

彦兵衛は、一番番頭の伝兵衛から聞いた事を告げた。

「そうですか……」

左近は眉をひそめた。

「どうかしましたか……」

彦兵衛は、戸惑いを浮かべた。

「いえ。そのおかよの素性を見極めるのは良いのですが、丸菱屋としてはどちらを望んでいるのでしょう」

左近は尋ねた。

「どちらとは……」

彦兵衛は眉をひそめた。

「おかよが本当の娘であって欲しいのか、それとも違う方が良いのか……」

左近は、冷静に告げた。

「そりゃあ……」

彦兵衛は、言葉を呑んだ。

呉服屋『丸菱屋』の主の徳一郎と松乃夫婦は、三歳の時に神隠しに遭った長女のおかよを既に死んだと思い込み、その後に生まれた子たちと平穏に暮らしている。

そこに、死んだ筈のおかよが現れたのだ。

呉服屋『丸菱屋』にどんな風が吹き始めるのか……。

左近は気になった。

「分かりました。その辺のところは清次に探らせてみます」

彦兵衛は頷いた。

「ならば、私は向島に行ってみます」

左近は、三歳の時に神隠しに遭って姿を消し、十年ぶりに現れた娘の真偽の程を調べる事を引き受けた。

隅田川には様々な船が行き交っていた。

左近は、隅田川から吹く微風に鬢《びん》の解《ほつ》れ髪を揺らして向島の土手道を進んだ。

現れた娘は、本当に呉服屋『丸菱屋』のおかよなのか……。

十年前、おかよは本当に神隠しに遭ったのか……。

秩父大滝村からおかよを連れて来た平作は、本当に百姓で猟師なのか……。

何故、いつの間にか姿を消したのか……。

呉服屋『丸菱屋』は、神隠しに遭った娘の帰還をどう思っているのか……。

疑念は幾つも湧いてくる。

それにしても秩父か……。

左近は、秩父忍びの陽炎《かげろう》、螢《ほたる》、小平太《こへいた》、猿若《さるわか》、烏坊《からすぼう》を思い出した。

達者にしているか……。

左近は、竹屋《たけや》ノ渡《わたし》、三囲《みめぐり》神社、長命寺《ちょうめいじ》、白鬚《しらひげ》神社などの前を通り、向島の土手の外れに近付いた。

そこには、水神と木母寺に続く二つの道があり、間に板塀に囲まれた呉服屋『丸菱屋』の寮があった。

呉服屋『丸菱屋』の寮には、隠居の徳翁が弥平おしまの下男夫婦と暮らしていた。そして、徳翁は帰って来た孫娘のおかよを引き取り、本物かどうか見定めようとしていた。

左近は、土手から呉服屋『丸菱屋』の寮を眺めた。

呉服屋『丸菱屋』の寮の木戸門は、土手道から続く東にあり、隅田川に面した西と南側に庭があった。
隅田川に向かった庭は土手道からは一切見えなく、寮の様子を窺う事は出来なかった。
左近は、寮の周囲を見廻した。
水神は『丸菱屋』の寮の西の下にあり、木母寺は北隣にあった。
どちらからも見通しは悪い……。
左近は、板塀の外の林の茂みを進んで庭に廻った。
左近は、板塀沿いを進んだ。
板塀は途切れ、隅田川に面した庭には垣根が廻されていた。
左近は、垣根の外から呉服屋『丸菱屋』の寮の庭と連なる座敷が窺えるのを知った。
垣根は西の端まで続いている。
呉服屋『丸菱屋』の寮の庭からは、垣根越しに隅田川の景色が眺められた。
隠居の徳翁は、隅田川の景色を眺めて暮らしているのだ。
優雅なものだ……。

左近は苦笑し、垣根を眺めて茂みが踏み付けられているのに気が付いた。
先客がいる……。
左近は、垣根の外に何者かが潜んだ形跡を見付けたのだ。
茂みが踏み付けられた跡は新しい……。
誰かが自分と同じように考え、呉服屋『丸菱屋』の寮を窺っている。
左近は睨んだ。
寮の庭先に、十三、四歳の娘が箒《ほうき》を持って現れ、掃除を始めた。
おかよ……。
左近は垣根の外に忍び、掃除をする娘をおかよだと見定めた。
おかよは、手慣れた様子で庭の掃除をした。
「上手《うま》いものだな……」
袖無しを着た小柄な老人が、煙草盆を手にして座敷の縁側に出て来た。
呉服屋『丸菱屋』の隠居の徳翁……。
左近は睨んだ。
「毎日、やっていたから……」
おかよは、掃除を続けた。

「そうか……」

徳翁は、煙管《キセル》を燻《くゆ》らしながらおかよを見守った。

「御隠居さま、私、洗濯だって出来るし、御飯だって作れます。それに畑仕事や薪《まき》割りや魚釣りも……」

おかよは笑った。

「ほう。魚釣りも出来るのか……」

徳翁は苦笑した。

「ええ。祖父ちゃん、猟で山に入ったら何日も帰って来ないから……」

「そうか。おかよは何でも出来るのだな」

「はい。自分で何でもしなきゃあ、生きていけないから……」

「生きていけないか……」

徳翁は、幼い時から懸命に生きて来たおかよを知った。

「御隠居さま、隅田川にも山女魚《やまめ》や天魚《あまご》、いるんですか……」

おかよは、眼を細めて隅田川を眺めた。

「さあ。山女魚や天魚はいないと思うが、鯉《こい》や鮒《ふな》や鰻《うなぎ》はいるかもしれないな」

「へえ、鯉に鮒に鰻か……」

「おかよは魚釣りが好きなのか……」

「はい……」

「よし、じゃあ、いつか弥平に連れて行ってもらうが良い……」

「はい……」

おかよは、嬉しげに頷いた。

夕陽が隅田川の向こうに沈み始めた。

「あっ。おしまさんの晩御飯作り、手伝わなきゃあ。じゃあ御隠居さま……」

おかよは、徳翁に頭を下げて寮の横手に駆け込んで行った。

左近は、縁側に残った隠居の徳翁を眺めた。

徳翁は煙管を燻《くゆ》らせ、眩《まぶ》しげに隅田川を眺めていた。

隅田川の流れは夕陽に煌めいた。


船行燈の明かりは、隅田川の流れに映えた。

左近は、向島の土手に忍んで呉服屋『丸菱屋』の寮を見張った。

呉服屋『丸菱屋』の寮には、明かりが灯されていた。

庭の垣根に潜んだ先客は現れる……。

左近は、寮を見張って待った。
隅田川を行き交う船の明かりは、刻が過ぎると共に少なくなっていった。
木母寺の鐘が鳴った。
戌《いぬ》の刻五つ(午後八時)だ。
風が微かに流れ、闇が僅かに揺れた。
誰か来た……。
左近は、土手の闇を窺った。
微かな足音が近付いて来る。
先客か……。
左近は、土手に身をひそめ、僅かに揺れた闇を見据えた。
菅笠を目深《まぶか》に被った軽衫袴《かるさんばかま》の男が、闇を僅かに揺らして現れた。
何者だ……。
左近は見守った。
菅笠を被った軽衫袴の男は、土手の上に佇んで呉服屋『丸菱屋』の寮を眺めた。
殺気はない……。
左近は、微かな戸惑いを覚えた。

菅笠を被った軽衫袴の男は、土手を降りて呉服屋『丸菱屋』の板塀沿いを進んだ。

庭の垣根の外に潜んでいた先客……。

左近は見定め、菅笠を被った軽衫袴の男を追った。

二

呉服屋『丸菱屋』の寮は、雨戸を閉めて寝静まっていた。

菅笠に軽衫袴の男は、板塀沿いから垣根に進んだ。そして、垣根の外に蹲《うずくま》って寮を見詰めた。

左近は茂みに忍び、蹲った菅笠に軽衫袴の男を見守った。

何かを警戒している……。

左近は、微かな戸惑いを覚えた。

菅笠に軽衫袴の男は、呉服屋『丸菱屋』に忍び込む様子を見せず、垣根の外に蹲って何かを警戒している。

左近は睨んだ。

何かが起こるのか……。

左近は、夜の闇を見廻した。

夜の闇に不審なところは窺えなかった。

菅笠に軽衫袴の男は、起こるかどうか分からない事を警戒して不寝《ねず》の番をする気なのかもしれない。

左近は読んだ。

刻が過ぎ、夜は更けた。

茂みの向こうの水神に続く道に男の微かな声が聞こえ、幾つかの人影が揺れた。

左近は、茂みの向こうの道を来る人影を透かし見た。

人影は、月代《さかやき》を伸ばした浪人が二人と半纏《はんてん》を着た遊び人風の男の三人だった。

左近は、菅笠に軽衫袴の男の様子を見た。

菅笠に軽衫袴の男は、後ろ腰に差した二尺程の長さの刀の柄《つか》を握り締め、三人の男を見詰めていた。

どうする……。

左近は、菅笠に軽衫袴の男と浪人たちを見守った。

二人の浪人と遊び人は、水神に続く道を来て立ち止まり、茂み越しに呉服屋

『丸菱屋』の寮を窺った。

菅笠に軽衫袴の男は、後ろ腰に差した刀の柄を握り締め、茂みの中を浪人たちに向かって音も立てず素早く這《は》い進んだ。

獣のようだ……。

左近は見守った。

遊び人と二人の浪人は、短く言葉を交わして茂みに入り、寮に向かった。

菅笠に軽衫袴の男は、茂みに身を潜めた。

遊び人と浪人は、辺りを警戒もせずに茂みを進んだ。

寮に押し込む気か……。

左近は睨んだ。

遊び人と二人の浪人は、茂みに潜んだ菅笠に軽衫袴の男に気付かずに寮に進んだ。

刹那《せつな》、菅笠に軽衫袴の男は二尺程の幅広の刀を抜いて峰に返し、遊び人の向こう臑《ずね》を打ち払った。

遊び人は、夜空に悲鳴を響かせて倒れた。

菅笠に軽衫袴の男は、茂みから立ち上がって跳び退いた。

二人の浪人は驚いた。

呉服屋『丸菱屋』の寮に物音がし、雨戸の隙間から明かりが洩れた。

二人の浪人は、向こう鬢を押さえてのたうち廻る遊び人の襟首や腕を摑《つか》み、水神に続く道に引き摺《ず》った。

菅笠に軽衫袴の男は、茂みの暗がりに身を潜めた。

二人の浪人は、遊び人を引き摺って水神に続く道を土手道に走った。

よし……。

左近は、垣根沿いから板塀沿いに戻り、土手道に走った。

菅笠に軽衫袴の男は、寮にいるおかよたちに危害を加えようとはしていない。睨み通り、護ろうとしているのだ……。

左近は土手道に走った。

土手道には、脚を引き摺る遊び人を助けながら引き上げて行く二人の浪人が見えた。

左近は追った。

二人の浪人は、脚を引き摺る遊び人を連れて長命寺門前に差し掛かった。

塗笠を目深に被った着流しの武士が、長命寺門前の大戸を閉めた茶店の陰から現れた。

二人の浪人は立ち止まった。

遊び人は、向こう臑の痛みに呻《うめ》いて蹲った。

「失敗したようだな……」

塗笠を被った着流しの武士は、二人の浪人を見据えた。

「せ、千吉《せんきち》の野郎がどじを踏みやがって……」

浪人の一人が腹立たしげに、蹲っている遊び人の尻を蹴飛ばした。

千吉と呼ばれた遊び人は、悲鳴をあげて前のめりに倒れた。

左近は、暗がりに忍んで見守った。

「それで失敗したか……」

塗笠に着流しの武士は苦笑した。

「あ、ああ……」

「次はやる、次は必ず……」

浪人たちは、何とか言い繕《つくろ》おうとした。

刹那、塗笠に着流しの武士は、浪人たちの言葉を遮るように刀を抜き打ちに放った。

浪人の一人が、横薙ぎに斬られて血を飛ばして仰け反った。

塗笠に着流しの武士は、返す刀で二人目の浪人を袈裟《けさ》懸《が》けに斬り下げた。

二人目の浪人は前のめりに斃れた。

一瞬の出来事だった。

左近が止める間もない、鮮やかな一刀だった。

恐ろしい程の手練《てだ》れ……。

左近は見守った。

塗笠に着流しの武士は、恐怖に激しく震えている千吉に刀を突き付けた。

「千吉、どんなどじを踏んだのだ」

「だ、誰かが茂みに潜んでいて、いきなり向こう臑を殴られて……」

「潜んでいた者に気が付かなかったのか……」

「は、はい……」

千吉は頷いた。

「そうか……」

塗笠に着流しの武士は、刀を引き千吉に突き刺そうとした。

次の瞬間、拳大《こぶし》の石が唸りをあげて着流しの武士に飛来した。

塗笠に着流しの武士は、飛来した拳大の石を咄嗟に躱《かわ》した。

拳大の石は、唸りをあげて闇から次々に飛来した。

塗笠に着流しの武士は、跳び退いて躱して小柄《こづか》を投げた。

小柄は、蹲って震えている千吉の首に突き刺さった。

千吉は、仰け反って崩れた。

左近が闇から現れ、崩れている千吉に駆け寄った。

塗笠に着流しの武士は、既に闇の彼方に消えていた。

「千吉、しっかりしろ……」

左近は、首に小柄を受けた千吉を揺り動かした。

千吉は、死相の浮かんだ顔で微かに呻いた。

「千吉、お前は呉服家丸菱屋の寮で何をする気だった……」

「お、おかよを拐《かどわ》かせと……」

千吉は、掠《かす》れた声で切れ切れに告げた。

「命じたのは今の着流しの武士か……」

「ああ……」

千吉は頷いた。

「名は……」

「ま、ま……」

千吉は白目を剝いた。

「しっかりしろ、千吉……」

「ま……」

千吉は、喉を鳴らして絶命した。

「千吉……」

左近は、絶命した千吉に手を合わせた。

千吉と二人の浪人は、〝ま〟という字の付く名の塗笠に着流しの武士におかよを拐かせと命じられた。そして、おかよ拐かしは菅笠に軽衫袴の男に阻止された。

塗笠に着流しの武士の名には、〝ま〟の字が付く……。

〝ま〟の字の付く名の武士は、何故におかよを拐かそうとしているのだ……。

そして、菅笠に軽衫袴の男は何者なのだ……。

疑念は続いた。

左近は、隅田川の流れを眺めた。

隅田川の流れは、闇の彼方に続いていた。

翌日、左近は公事宿『巴屋』を訪れた。

「そうですか、おかよが狙われましたか……」

彦兵衛は眉をひそめた。

「ええ……」

左近は、昨日の出来事を語り終え、おりんの淹《い》れてくれた茶を啜った。

「それにしても、漸《よう》やく帰って来たおかよちゃんを拐かそうなんて、その侍、何者なんですかね」

おりんは、微かな怒りを過《よ》ぎらせた。

「うむ。それに菅笠を被った軽衫袴の先客ですか……」

「ええ。二尺程の刀を後ろ腰に差し、茂みに蹲り、素早く動く……」

「忍びの者ですか……」

「いいえ。忍びではないでしょう」

「違いますか……」

「ええ。忍びとは思えぬ動きをします」

「そうですか……」

「何《いず》れにしても、拐かしは帰って来たおかよを邪魔にしている者の企て……」

左近は読んだ。

「ならば、企てた者は呉服屋丸菱屋に拘わっている者ですか……」

「おそらく……」

左近は頷いた。

「清次、丸菱屋の様子はどうだった」

彦兵衛は、控えていた下代の清次に声を掛けた。

「はい。呉服屋の丸菱屋さん、旦那夫婦の仲も良く、一番番頭の伝兵衛さんを始めとした奉公人たちにも揉め事や妙な事もなく、纏《まと》まっています」

清次は報せた。

「じゃあ、これといって気になる事はないようだね」

彦兵衛は頷いた。

「はい。で、取り立てて気になる事はないのですが、一つだけ……」

清次は、厳しさを滲ませた。

「気になる事があるのかい……」

おりんは眉をひそめた。

「はい。お内儀の松乃さまですが、どうやら徳一郎旦那の後添《のちぞ》いだそうでしてね。おかよちゃんの実の母親ではないそうなんです」

清次は告げた。

「じゃあ、おかよちゃん、お内儀の松乃さまの実の子じゃあないのかい……」

おりんは驚いた。

「はい。聞くところによりますと、おかよちゃんの実の母親は、おかよちゃんを産んだ産後の肥立ちが悪くて亡くなられ、今のお内儀の松乃さまは、後添いだそうです」

「そうなのか、お内儀の松乃さんは後添いで、おかよの実の母親じゃあないのか……」

彦兵衛は知った。

「はい。実の母親が亡くなった一年後、おかよちゃんが二歳の時ですか、松乃さまは後添いに入ったとか……」

「そして一年後の三歳の時、おかよは行方知れずになった……」

「はい……」

清次は頷いた。

「清次、丸菱屋には子供がいるわよね」

おりんは尋ねた。

「ええ。十一歳と五歳の娘の二人です」

「じゃあ十一歳の娘は、おかよちゃんが行方知れずになった年に生まれたのか……」

おりんは歳を数えた。

「そうなりますね」

「ならば、おかよが行方知れずになり、神隠しの騒ぎになった時、お内儀の松乃は身重《みおも》だったのか……」

左近は読んだ。

「そうなりますね」

「左近さん、そいつが何か……」

彦兵衛は、左近に怪訝な眼を向けた。

「いえ。ちょいと気になっただけで、未だ別に……」

左近は、言葉を濁した。

「そうですか。で、清次、後添いの松乃さん、おかよに対してどうだったのかな」

彦兵衛は訊いた。

「そりゃあもう、可愛がっていたそうですよ」

清次は微笑んだ。

「ほう。可愛がっていたか……」

「ええ。古手の奉公人によれば、腹を痛めた我が子のように可愛がっていて、行方知れずになったおかよちゃんを一生懸命に捜していたそうです」

「そうか……」

「して清次さん、お内儀の松乃、実家はどのような家ですか……」

左近は尋ねた。

「そいつが、御家人《ごけにん》の家の出だそうですよ」

「御家人の家の出……」

左近は眉をひそめた。

「はい。大店の娘に手習いや礼儀作法を教えていて、丸菱屋の徳一郎旦那に見初《みそ》められて後添いに望まれたとか……」

「実家の名は分かりますか……」

「いえ、そこまでは……」

清次は、首を捻った。

「そうですか……」

「ところで左近さん、御隠居の徳翁さんのおかよに対する様子。どう見ましたか……」

彦兵衛は、肝心な事を訊いた。

「そいつなのですか、徳翁がおかよの人柄を良しとしているのは間違いありませんが、己の本当の孫と思っているかどうかは、未だ何とも……」

左近は首を捻った。

徳翁は、未だ腹の内を見せてはいなかった。

左近は、徳翁の腹の内こそがおかよの運命を決めると睨んでいた。

「隠居の徳翁、どんな腹の内を見せてくれるのか……」

左近は小さく笑った。


塗笠に着流しの武士に殺された遊び人の千吉と二人の浪人は、浅草花川戸町の飲み屋に屯《たむろ》している連中だった。

左近は、遊び人の千吉の知り合いを捜した。

「ええ。千吉の野郎なら知っていますが、野郎、何かしたんですか……」

派手な半纏を着た遊び人は、左近に怪訝な眼を向けた。

「昨夜、殺された……」

左近は告げた。

「ええっ……」

派手な半纏を着た遊び人は、素《す》っ頓狂《とんきよう》な声をあげて驚いた。

「殺したのは、〝ま〟の字の付く名の塗笠を被った着流しの武士だが、知らないか……」

左近は尋ねた。

「〝ま〟の字の付く名前ねえ……」

遊び人は眉をひそめた。

「ああ。千吉の知り合いにいないかな」

「塗笠に着流しですか……」

「うむ。かなりの剣の遣い手だ……」

「そういえば、千吉。いつだったか、剣の遣い手とお店《たな》の隠居の大山詣《おおやままい》りのお供をしたと云っていましたが、そいつが〝ま〟の字のつく名の侍かどうかは……」

遊び人は首を捻った。

「分からないか……」

「はい……」

「ならば、千吉が供をしたお店の隠居ってのが、何処の誰か知っているか……」

「確か上野新黒門町《しんくろもんちょう》の小間物《こまもの》屋の御隠居だと聞いた覚えがありますよ」

「上野新黒門町の小間物屋の隠居……」

小間物屋の隠居に訊けば、千吉と一緒にお供をした剣の遣い手が〝ま〟の字の付く名の者かどうか分かるかもしれない。

「ええ……」

遊び人は頷いた。

「そうか。造作《ぞうさ》を掛けたな……」

左近は、遊び人に礼を云って上野新黒門町に向かった。

室町の呉服屋『丸菱屋』は、客で賑わっていた。

一番番頭の伝兵衛は、訪れた公事宿『巴屋』の彦兵衛を店の部屋に誘った。

「それで彦兵衛さん、おかよさまについて何か分かりましたか……」

伝兵衛は膝を進めた。

「いえ。そいつは未だですが……」

彦兵衛は、向島の寮にいるおかよが狙われている事を報せなかった。

「じゃあ……」

伝兵衛は、戸惑いを浮かべた。

「伝兵衛さん、お内儀の松乃さまは後添いだったんですね」

彦兵衛は、伝兵衛を見詰めた。

「えっ。ええ、左様にございます。ですが、お内儀さまは、生《な》さぬ仲のおかよさまを我が子のように可愛がられて……」

「伝兵衛さん、それは良く存じておりますよ。で、松乃さまの御実家は御武家さまだと伺いましたが……」

「はい。お内儀さまの御実家は、小石川《こいしかわ》馬場の傍にお住まいの御家人にございます」

「御家人……」

「はい……」

「名は……」

「はい。御父上さまは雨宮平蔵《へいぞう》さまと仰いまして四年前にお亡くなりになっています」

「雨宮……」

「雨宮《あまみや》さまにございます」


「では、雨宮家は今……」

「弟の又四郎《またしろう》さまが御継ぎになられておりますが、彦兵衛さん、それが何か……」

伝兵衛は、戸惑いと不安を滲ませた。

「いえ。ちょいと気になっただけでして……」

彦兵衛は言葉を濁した。

お内儀松乃には、御家人の雨宮又四郎という弟がいた。

彦兵衛は知った。


下谷広小路は、東叡山寛永寺や不忍池弁財天《べんざいてん》の参拝客で賑わっていた。

上野新黒門町は、賑わう下谷広小路の傍にある。

左近は、上野新黒門町の木戸番を訪れ、隠居のいる小間物屋があるか尋ねた。

「ありますよ。御隠居さんのいる小間物屋……」

「そうか。その御隠居、大山詣りに行っているのだが……」

「ああ。それなら紅屋の御隠居の五郎八《ごろはち》さんですよ」

「紅屋の五郎八……」

「ええ。表通りの東の外れに紅屋って小間物屋がありましてね。そこの御隠居の五郎八さんが何年か前に大山詣りに行っていますよ」

木戸番は教えてくれた。

「造作を掛けたな……」

左近は、木戸番に礼を云って小間物屋『紅屋』の隠居五郎八の許に向かった。

三

左近は、小間物屋『紅屋』を訪れ、隠居の五郎八の部屋に通された。

「して、公事宿巴屋のお人が私に何用ですかな……」

隠居の五郎八は、左近を迎えた。

「はい。御隠居はかつて千吉と申す者を供に大山詣りをされましたな」

「ええ。それが何か……」

「その時、腕の立つ武士も供に雇われたと聞きましたが……」

「ええ。真崎源之丞《まさきげんのじよう》さんって方を……」

「真崎源之丞……」

〝ま〟の字の付く名だ……。

左近は緊張した。

「ええ。真崎さんがどうかしましたか……」

「いえ。ちょいと訊きたい事がありましてね。して真崎源之丞どのとは、どのような……」

左近は、真崎源之丞が遊び人の千吉と二人の浪人を殺したかもしれない事を隠した。

「どのようなって、練塀《ねりべい》小路の組屋敷に住んでいる御家人ですよ」

「御家人……」

左近は眉をひそめた。

呉服屋『丸菱屋』のお内儀松乃の実家も御家人だ。

何か拘わりがあるのか……。

上野新黒門町から下谷練塀小路は近い。

左近は、練塀小路の真崎源之丞の組屋敷に向かう事にした。

隅田川の流れは緩やかであり、荷船や猪牙舟が行き交っていた。

下代の清次は、呉服屋『丸菱屋』の寮の周囲の様子を窺った。

左近の云っていた菅笠に軽衫袴の男や塗笠に着流しの武士が潜んでいる様子はない。

清次は見定め、寮の垣根の外に忍んでおかよの様子を窺った。

おかよは、弥平おしまの下男夫婦の仕事の手伝いをしていた。手伝いは台所仕事は云うに及ばず、庭木の手入れや薪割りにも及んでいた。

おかよは、十三歳の少女でありながら斧《おの》や鋸《のこぎり》などの扱いも手慣れており、楽しげに弥平を手伝っていた。

大したものだ……。

清次は感心した。

弥平は仕事を一段落させ、おかよを連れて隅田川の岸辺近くの水神に向かった。

清次は追った。

おかよは、弥平と隅田川の岸辺で釣りを始めた。
へえ、釣りか……。
清次は見守った。
おかよは、針に餌を付けて楽しげに釣りを続けた。そして、大きな鰻を釣り上げた。
弥平は驚き、おかよは喜んだ。
鰻は、長い身をくねらせて逃げようとした。
おかよは怯まず、弥平と懸命に鰻を魚籠《びく》に押し込めようとした。
楽しげに笑いながら……。
清次は、おかよの逞《たくま》しさと屈託《くったく》のなさに感心した。
隅田川におかよの楽しげな笑い声が響いた。

下谷練塀小路に行き交う人は少なく、物売りの声が長閑に響いていた。
左近は、御家人真崎源之丞の組屋敷を探した。
真崎源之丞の組屋敷は、練塀小路の中程にあった。
左近は、真崎屋敷を窺った。

真崎屋敷に奉公人はいないのか、木戸門の前や板塀からはみ出している木の枝の手入れはされていなかった。

真崎源之丞が、千吉と二人の浪人を殺した〝ま〟の字の付く名の武士であれば、おかよを拐かそうとした狙いは何なのか……。

左近は、真崎源之丞がどのような者か近所の屋敷の下男や組屋敷街に出入りしている商人に聞き込みを掛けた。

真崎源之丞は、百俵取りの御家人で若い頃から町場《まちば》の者とつるんでいる男だった。

両親が死んだ後は奉公人もいなくなり、嫁に来る女もおらず一人暮らしだった。しかし、身形《みなり》や金廻りもそれなりに良く、近所の者たちは裏で何をしているか分からないと囁き合っていた。

左近は、真崎屋敷を見張った。

僅かな刻が過ぎた。

真崎屋敷の木戸門が開いた。

左近は、路地に潜んで見守った。

着流しの武士が現れ、目深《まぶか》に被った塗笠を上げて辺りを鋭く見廻した。そして、不審がないと見定め、明神下の通りに向かった。

真崎源之丞だ……。

左近は、見定めて追った。

真崎源之丞の身のこなしや足取りに隙はなく、剣の腕はかなりのものだ。

左近は睨んだ。


明神下の通りは、神田川に架かっている昌平橋と不忍池を結び、多くの人が行き交っていた。

真崎源之丞は、明神下の通りを神田明神に向かった。

左近は、充分に距離を取って慎重に尾行《つけ》た。

真崎は、神田明神門前町の横手に進んだ。

左近は尾行た。

真崎は、門前町の横手を進んで古い一膳飯屋に入った。

左近は見届けた。

遅い昼飯でも食べに来たのか……。

それとも誰かと逢うつもりなのか……。

左近は想いを巡らせた。

よし……。

左近は、古い一膳飯屋に向かった。


古い一膳飯屋の店内では、数人の客が飯を食べていた。

「いらっしゃい……」

左近は、老亭主に迎えられた。

「うん。酒を頼む……」

左近は、老亭主に酒を頼んで隅に座った。

真崎源之丞は、奥の衝立《ついたて》の陰で髭面の浪人と酒を飲んでいた。

「おまちどお……」

老亭主が、左近に酒を持って来た。

「おう……」

左近は、酒を飲みながら真崎と髭面の浪人を見守った。

真崎と髭面の浪人は、酒を飲みながら小声で何事かを話し続けた。

四半刻《しはんとき》（三十分）が過ぎた。

真崎は、髭面の浪人に数枚の小判を渡して古い一膳飯屋を出た。

左近は、老亭主に酒代を払って真崎を追った。


真崎源之丞は、古い一膳飯屋を後にして神田明神の門前町を進んだ。

左近は追った。

真崎は、古い一膳飯屋で髭面の浪人に小判を渡して雇った。

おそらく、千吉たち同様に向島のおかよを狙わせるのだ。

左近は読んだ。

真崎は、門前町を抜けて明神下の通りを不忍池に向かった。そして、妻恋坂《つまこいざか》に曲がった。

妻恋坂は、妻恋稲荷や妻恋町《つまごいちよう》や湯島天神門前町に続いている。

左近は、真崎を追って妻恋坂を上がった。

妻恋町には物売りの声が響いていた。

真崎源之丞は、裏通りを進んで板塀に囲まれた仕舞屋に入った。

左近は見届けた。

誰の家だ……。

左近は、板塀に囲まれた仕舞屋の周囲を見廻した。

斜向かいに小さな長屋があり、初老のおかみさんが木戸口の掃除をしていた。

左近は、初老のおかみさんに近付いた。

「付かぬ事を訊くが……」

左近は、掃除の手を止めた初老のおかみさんに素早く小粒を握らせた。

「あら、お侍さん……」

初老のおかみさんは、驚きながらも小粒を受け取った。

「あの板塀を廻した仕舞屋。誰が住んでいるのかな……」

「ああ。あの家なら芸者あがりの三味線のお師匠さんが住んでいますよ」

初老のおかみさんは、小粒を握り締めた。

「芸者あがりの三味線の師匠……」

「ええ。おちかさんって名の粋《いき》で色っぽい人ですよ」

「おちか……」

「ええ……」

「旦那はいるのかな」

「ま、旦那というか、紐《ひも》っていうか……」

初老のおかみさんは、薄笑いを浮かべた。

「侍か……」

左近は、三味線の師匠のおちかの男を真崎源之丞だと睨んだ。

「ええ……」

初老のおかみさんは、小粒を固く握り締めて頷いた。


陽は西に傾いた。

今夜もおかよを狙う曲者《くせもの》が現れるか……。

それは、真崎源之丞が古い一膳飯屋で金で雇った髭面の浪人なのか……。

左近は想いを巡らせた。

仕舞屋に廻された板塀の木戸門が開いた。

左近は、斜向かいの小さな長屋の木戸から見守った。

真崎源之丞が、板塀の開いた木戸門から出て来た。

真崎は、塗笠を目深に被って妻恋坂に向かった。

左近は追った。

隅田川の流れは夕陽に煌めいた。

清次は、向島の土手道の茂みに潜んで呉服屋『丸菱屋』の寮を見張り続けた。

呉服屋『丸菱屋』の寮からは蒲焼のにおいが漂い、おかよの楽しげな笑い声が洩れて来ていた。

おかよは、隠居の徳翁や弥平おしまの下男夫婦と楽しくやっている。

清次は、何故か安堵した。

「清次さん……」

左近がやって来た。

「左近さん……」

清次は、左近を迎えた。

「どうですか……」

「おかよちゃん、良い娘ですね」

「そうですか……」

「ええ。働き者で逞しくて、今日は弥平さんと釣りに行って鰻を釣り上げましたよ」

清次は笑った。

「そいつは凄いな。それで蒲焼ですか……」

左近は苦笑した。

「ええ。楽しそうですよ。おかよちゃん……」

「そいつは良かった……」

左近は、清次の云う事が良く分かった。

「で、左近さんの方は……」

「真崎源之丞という御家人が浮かびました」

左近は告げた。

「御家人の真崎源之丞ですか……」

清次は眉をひそめた。

「ええ……」

左近は、真崎源之丞が下谷練塀小路の組屋敷に帰ったのを見届け、向島にやって来た。

「じゃあ清次さん、交代します。今日の事を彦兵衛どのとおりんさんに報せて下さい」

左近は告げた。

「承知しました。じゃあ……」

清次は、夕暮れの向島の土手を立ち去って行った。

左近は見送り、辺りを見廻した。

辺りは夕陽に染まっているだけであり、菅笠に軽衫袴の男や不審な者が潜んでいる気配は窺えなかった。

左近は、呉服屋『丸菱屋』の寮を眺めた。

呉服屋『丸菱屋』の寮に変わった様子はなく、温かい明かりが洩れていた。

おかよは、楽しく過ごしているようだ。

左近は、微かな安堵を覚えた。

今夜も菅笠に軽衫袴の男は現れるのか……。

おかよを狙った曲者が現れるのか……。

曲者は、真崎源之丞と髭面の浪人たちなのか……。

そして、おかよは何故に狙われるのか……。

左近は読んだ。

狙われるのは、おかよが十年前に行方知れずになった呉服屋『丸菱屋』の娘に違いないからだ。そして狙う者は、おかよが『丸菱屋』の本当の娘だと知っているからなのだ。

ならば、知っている者は、十年前に三歳だったおかよを行方知れずにした張本人なのだ。

左近は読み続けた。

いずれにしろ、おかよは十年前に行方知れずになった呉服屋『丸菱屋』の娘に違いないのだ。

左近は見定めた。

隅田川は薄暮に覆われ、行き交う船に船行燈が灯された。

夜は更《ふ》けた。

呉服屋『丸菱屋』の寮は明かりを消し、月明かりに浮かんでいた。

向島の土手道の奥が揺れた。

人影が現れ、辺りを油断なく確かめるような足取りでやって来た。

左近は、土手に潜んで見守った。

やって来た人影は、菅笠を目深に被った軽衫袴の男だった。

今夜も現れた……。

左近は、菅笠に軽衫袴の男を見守った。

菅笠に軽衫袴の男は、小さな吐息を洩らして目深に被った菅笠を上げ、呉服屋『丸菱屋』の寮を窺った。

菅笠の下には、年老いた顔があった。

年寄り……。

左近は、菅笠に軽衫袴の男が年老いているのを知った。

秩父大滝村の平作か……。

菅笠に軽衫袴の年寄りは、おかよを秩父から呉服屋『丸菱屋』に連れて来た平作なのだ。

左近は読んだ。

平作は、百姓と猟師を生業《なりわい》にしており、おかよを『丸菱屋』に送り届けて姿を消していた。

平作は、姿を消しておかよを秘かに護《まも》っていたのだ。となると、平作はおかよが狙われると知っていた事になる。

ひょっとしたら、平作は狙っている者とその企みに気が付いているかもしれない。
そして、十年前のおかよ行方知れずの真相も……。
左近は睨んだ。
平作は、土手道から呉服屋『丸菱屋』の板塀沿いに進んだ。
庭の垣根に行く……。
左近は、平作を見送った。
刻が過ぎた。
左近は、土手道を来る者を見張った。
だが、土手道を来る人影はなかった。
真崎源之丞や髭面の浪人は、来ないのかもしれない。
来なければそれに越した事はない……。
左近は、暗い闇に続く土手道を見詰めた。
月は雲に隠れ、隅田川の流れは暗かった。
猪牙舟は、水神の岸辺に船縁を寄せた。
真崎源之丞は、猪牙舟から身軽に岸辺に降りた。

髭面の浪人は、二人の浪人を促して真崎に続いて猪牙舟を降りた。

「此の上にある仕舞屋だな……」

髭面の浪人は、真崎に念を押した。

「ああ。十三歳の小娘と一緒にいるのは、隠居と中年の下男夫婦の三人。田所《たどころ》、情け容赦は無用。皆殺しにしろ」

真崎は、髭面の浪人の田所に命じた。

「心得た。桑原《くわはら》、白崎《しらさき》、聞いての通りだ」

二人の浪人は、田所の言葉に喉を鳴らして頷いた。

「ならば……」

真崎は促した。

「よし。行くぞ……」

田所は、桑原と白崎を連れて呉服屋『丸菱屋』の寮に向かった。

真崎は見送った。

呉服屋『丸菱屋』の寮は、雨戸を閉めて寝静まっていた。

菅笠を被った平作は、垣根の外の茂みに潜んで辺りを警戒していた。

おかよの命を狙う奴は、今夜も来るかもしれない。
そうはさせねえ……。
平作は、後ろ腰に差した二尺程の長さの山刀《やまがたな》の柄を握った。
火縄銃があれば、どんな人殺しでも一発で仕留めてくれるのに……。
平作は、猟に使う火縄銃を持って来られなかったのを悔しがった。
だが、使い慣れた山刀がある。
山刀一本で何頭の猪や狼と闘い、斃《たお》して来た事か……。
茂みが鳴った。
平作は、茂みの鳴った水神に続く方を見た。
三人の侍が茂みをやって来た。
平作は、緊張を滲ませて山刀の柄を握り締めた。

殺気が湧いた。
平作か……。
左近は睨み、呉服屋『丸菱屋』の寮の屋根に跳んだ。
そして、屋根の上を庭に走った。

田所、桑原、白崎の三人の浪人は茂みの中を、庭を囲む垣根に進んだ。

垣根を越え、雨戸を破って寮に押し込み、おかよという小娘を斬り棄てる。

他にいるのは隠居と下男夫婦の三人だけであり、造作もない事だ。

田所、桑原、白崎は、垣根に忍び寄った。

刹那、垣根の茂みから平作が飛び出し、幅広の山刀を振るった。

山刀は唸り、驚いた桑原の脇腹を叩き斬った。

肉が抉《えぐ》れ、骨の折れる音がした。

桑原は、短い悲鳴をあげて倒れた。

「おのれ……」

田所は、咄嗟に抜き打ちの一刀を放った。

平作は、右の肩を斬られて血を飛ばし、獣のように跳び退いて山刀を構えた。

「何だ。お前は……」

田所と白崎は、平作に刀を突き付けた。

「手前らこそ、誰に頼まれたんだ……」

平作は、田所と白崎を睨み付けた。

「さあな……」

田所は、平作に迫った。

平作は、右肩から血を滴り落として後退りし、尻から崩れた。

田所は、残忍な笑みを浮かべて踏み込んだ。

刹那、夜空に煌めきが走った。

四

煌めきは闇を貫き、田所に飛来した。

田所は、咄嗟に刀で煌めきを弾き飛ばそうとした。

肉を打つ鈍い音がした。

煌めきは、刀を掻い潜って田所の胸に深々と突き刺さったのだ。

秩父忍びの棒手裏剣だった。

田所は呆然と眼を瞠《みは》り、横倒しに斃れた。

左近が寮の屋根の上に現れ、垣根の外に向かって大きく跳んだ。

白崎は、身を翻して水神に逃げた。

左近は、垣根の外の茂みに降りて白崎を追った。

平作は、息を鳴らして見送った。

右肩から血が滴り落ち続けた。


白崎は、血相を変えて水神に逃げた。

「どうした……」

真崎源之丞が、水神の御堂の陰から現れた。

「み、見張りがいた……」

白崎は、喉を引き攣《つ》らせた。

「見張り……」

真崎は眉をひそめた。

「真崎源之丞……」

左近が、闇から殺気を放った。

真崎は、咄嗟に刀を抜いて構えた。

「誰に頼まれて、おかよの命を狙う……」

左近の声が闇から続いた。

「黙れ……」
真崎は、水神の御堂の脇の闇を見据えた。
左近が闇から現れた。
「何者だ……」
真崎は、左近に探る眼差しを向けた。
「真崎、誰がおかよの命を欲しがっているのか、正直に話すんだな……」
左近は踏み込み、真崎との間合いを詰めた。
真崎は後退りし、間合いを保った。
左近は、尚も踏み込んだ。
次の瞬間、背後にいた白崎が嗄れ声を上げて左近に斬り掛かった。
左近は躱《かわ》し、無明刀を抜き打ちに一閃した。
肉と骨を断ち斬る鈍い音が鳴った。
刀を握る右腕が両断され、血を振り撒いて夜空に飛んだ。
白崎は、右腕を斬り飛ばされ、悲鳴を上げる間もなく昏倒《こんとう》した。
凄まじい剣の冴《さ》えだ。
真崎は、僅かに怯んだ。

「真崎、誰に頼まれての所業《しよぎよう》だ……」
左近は、冷笑を浮かべて真崎を見据えた。
「黙れ……」
真崎は己を励まし、猛然と左近に斬り掛かった。
左近は斬り結んだ。
火花が飛び散り、砂利が砕け、草が引き千切《ちぎ》れた。
左近と真崎は激しく斬り結び、互いに大きく跳び退いて対峙した。
真崎は、刀を構えて乱れた息を整えた。
これまでだ……。
左近は、無明刀を頭上高々と構えた。
全身が隙だらけになる天衣無縫の構えだ。
真崎は地を蹴り、刀を構えて猛然と左近に向かって走った。
間合いが一気に詰まり、真崎は見切りの内に入った。
左近は、天衣無縫の構えを崩さなかった。
真崎は、左近に袈裟懸《けさが》けの一刀を放った。
刹那、左近の無明刀が瞬いた。

無明斬刃《むみようざんじん》……。

剣は瞬速……。

閃光が交錯《こうさく》した。

左近と真崎は、残心《ざんしん》の構えを取った。

真崎の額《ひたい》に赤い血が糸のように浮かび、やがて一気に噴き出した。

左近は、残心の構えを解いた。

真崎は、額を断ち斬られて横倒しに斃れた。

左近は、無明刀を鋭く振り下ろした。

無明刀の鋒《きつさき》から血の雫が飛んだ。


呉服屋『丸菱屋』の寮は、暗い静寂に包まれていた。

左近は、庭の垣根の傍に戻り、寮の様子を窺った。

寮に変わった様子は一切窺えなかった。

左近は見定め、庭の垣根の傍を見渡した。

垣根の傍には既に平作の姿はなく、浪人の田所と桑原の死体が残されているだけだった。

平作は、右肩を斬られて深手《ふかで》を負った筈だ。

無事ならば良いが……。

左近は、田所と桑原の死体を隅田川に投げ込んで始末した。

隅田川は、田所と桑原の死体を呑み込んで暗く流れた。


向島の土手道には、隅田川からの川風が穏やかに吹き抜けていた。

左近は、彦兵衛と相談して呉服屋『丸菱屋』の隠居の徳翁を訪ねた。

徳翁は、寮を訪れた彦兵衛と左近を座敷に招いた。

障子の開け放たれた座敷からは、庭と隅田川の流れが眺められた。

「急に訪れて申し訳ございません。手前は公事宿巴屋の主の彦兵衛。こちらは……」

「巴屋の出入物吟味人の日暮左近です」

彦兵衛と左近は名乗った。

「一番番頭の伝兵衛がお願いした巴屋さんですか。丸菱屋の隠居の徳翁です」

徳翁は、老いた顔に小さな笑みを浮かべた。

「お邪魔します……」

おかよが茶を持って来た。

「うむ……」

徳翁は頷いた。

「どうぞ……」

おかよは、彦兵衛と左近、そして徳翁に茶を差し出した。

「御苦労だね、おかよ。下がりなさい」

徳翁は労《ねぎら》った。

「はい……」

おかよは、彦兵衛と左近に挨拶をして座敷から出て行った。

「それで、用とはおかよの事ですか……」

徳翁はおかよを見送り、彦兵衛と左近に向き直った。

「左様にございます」

彦兵衛は頷いた。

「御覧の通り、礼儀作法は未だ未だです。ですが、それ以上に素直で何にでも興味を持ち、何でも自分でやろうとして。人柄の良い面白い女の子ですよ」

徳翁は眼を細めた。

「そうですか……」

徳翁は、おかよを可愛がっている。

彦兵衛と左近は知った。

「だが、そんなおかよを邪魔にしている者がいるようでしてな……」

徳翁は、穏やかな眼差しで左近を見詰めた。

「はい。一昨日と昨日の夜、何者かに雇われた無頼《ぶらい》の浪人どもが……」

左近は、徳翁を見詰めた。

「やはり日暮さんでしたか、追い払ってくれたのは……」

徳翁は微笑んだ。

気付いていた……。

徳翁は、おかよの命を狙う者と護る者がいるのに気が付いていた。

左近は苦笑した。

「ですが、私だけではありません」

「ほう。他にもいるのですか……」

徳翁は、白髪眉をひそめた。

「ええ。秩父からおかよを連れて来た平作さんが……」

「平作……」

徳翁は、戸惑いを浮かべた。

平作を知らない……。

左近は読んだ。

「はい。百姓で猟師の平作さんは、夜になると庭の垣根の外に潜んで不寝《ねず》の番をしてくれていました」

左近は告げた。

「そうでしたか。で、平作さんは今、何処《どこ》にいるのですか……」

「昨夜、浪人に肩を斬られましてね。今、何処にいるかは分かりません……」

「肩を斬られて……」

「ええ……」

左近は頷いた。

「そうですか……」

徳翁は、不安を過ぎらせた。

「して御隠居、御隠居の見たところ、おかよは十年前、三歳の時に行方知れずになった呉服屋丸菱屋の子供ですか……」

　左近は、単刀直入に切り込んだ。

「うむ。おかよは私の孫娘に相違ありますまい……」

　徳翁は微笑んだ。

　呆気《あっけ》ない……。

　左近と彦兵衛は、思わず言葉を失った。

　呉服屋『丸菱屋』の隠居の徳翁は、秩父からやって来た十三歳のおかよを十年前に行方知れずになった孫だと呆気なく認めた。

「御隠居さま、何か確かな証でも……」

　彦兵衛は、微かな戸惑いを滲ませながら徳翁を窺った。

「証は、おかよが持っていた金襴の布袋に入っていた書付と……」

　徳翁は笑った。

「書付と……」

　彦兵衛は、遠慮がちに促した。

「おかよ自身ですよ」

　徳翁は云い切った。

「おかよ自身……」

彦兵衛は、思わず訊き返した。

「ええ……」

徳翁は頷いた。

おかよ自身が確かな証……。

徳翁は、おかよの素直さ、利発さ、行動力、そして人柄を見て己の孫だと認めたのだ。

それはそれで良い……。

左近は苦笑した。

「そうですか……」

彦兵衛は頷いた。

「して御隠居、誰が何故、浪人どもを雇っておかよの命を狙うのか、お心当たりは……」

左近は訊いた。

「おかよが呉服屋丸菱屋の子となれば、跡目《あとめ》争い、身代の相続、いろいろ絡んで来るものでしてな……」

徳翁は、冷ややかな笑みを浮かべた。

　呉服屋『丸菱屋』には、十一歳と五歳の二人の女の子がいる。そして、おかよも実の子となれば長女となり、何《いず》れは呉服屋『丸菱屋』の跡目を相続する事になるのだ。

　おかよの命を狙う者は、それを良しとせずに阻もうとしている。だとしたら、十一歳と五歳の二人の娘に深く拘わる者となる。

「となると……」

　左近は読んだ。

「徳一郎の内儀でおかよとは生さぬ仲の松乃ですかな……」

　徳翁は、小さく笑った。

「お内儀の松乃さまは後添い、そして、御家人の雨宮又四郎と仰る弟がおられます」

　彦兵衛は告げた。

　おかよの命を狙った御家人の真崎源之丞は、松乃の弟の雨宮又四郎と何らかの拘わりがあるのかもしれない。

　左近は読んだ。

「巴屋さん、その辺を詳しく探ってみてはくれませんかな……」

徳翁は笑った。

「宜しいのですか、御隠居さま……」

彦兵衛は眉をひそめた。

「ええ……」

徳翁は頷いた。

「ですが、下手をすれば丸菱屋がお上《かみ》のお咎《とが》めを受ける羽目になるかも……」

彦兵衛は心配した。

「所詮、丸菱屋は私が死んだ女房と二人で僅かな元手で作りあげた店。丸菱屋が潰れたら徳一郎も松乃と一緒に新しい店を作れば良いだけの話……」

徳翁は、楽しげに笑った。

潔く腹の据《す》わった隠居だ……。

左近は微笑んだ。

その後、彦兵衛と左近は、徳翁と何事かを話し合った。

隅田川を様々な船が行き交い、船頭の唄う歌が長閑に響いていた。

翌日、室町の呉服屋『丸菱屋』に年増《としま》の女中が新たに雇われた。

年増の女中は、一番番頭の伝兵衛によって旦那の徳一郎とお内儀の松乃、十一歳と五歳の娘に引き合わされた。

「おりんと申します。何卒《なにとぞ》宜しくお願い申し上げます」

新たに雇われた年増の女中は、公事宿『巴屋』のおりんだった。

「そうですか。宜しく頼みますよ」

徳一郎と松乃は頷き、十一歳と五歳の娘は物珍しそうにおりんを窺った。

おりんは、旦那一家への挨拶を終えて台所に戻った。そして、女中頭のおかねの指示で働き始めた。

お内儀の松乃の様子と動き、そして呉服屋『丸菱屋』の内情を探る。

それが、おりんの役目だった。

おりんは、呉服屋『丸菱屋』の女中として働きながら、お内儀松乃の様子を窺った。

お内儀松乃は、女中を始めとした奉公人たちを怒鳴ったり、口煩《うるさ》く指示をする事はなかった。そして、女中頭のおかねたち女中や下女たちは仲が良く、足を引っ張り合ったり陰口を言い合うような事もなかった。

気になる事や不審な事はない……。

おりんは、呉服屋『丸菱屋』の奉公人たちの躾《しつけ》の良さを知った。
強《し》いて気になるのは、おかよについての噂話が殆《ほとん》どない事だった。
噂話がなさ過ぎる……。
それは、おかよに無関心なのか、誰かが口止めをしているからなのかもしれない。
口止めをしているとしたら誰なのか……。
おりんは、女中として働きながら探り始めた。

おかよ闇討ちは、御家人の真崎源之丞の死を以《もっ》て終わったのか……。
そして、おかよを秘かに護って来た平作はどうしたのか……。
左近は、御家人真崎源之丞の下谷練塀小路の組屋敷を訪れた。
もし、真崎とつるんでいる者がいたなら、その死を知らずに訪れるかもしれない。
左近は、主のいなくなった真崎屋敷に忍び、訪れる者を待った。
訪れる者もいなく、刻は過ぎた。
左近は忍び続けた。

隠居の徳翁は、倅《せがれ》の呉服屋『丸菱屋』の主徳一郎と一番番頭の伝兵衛を向島の寮に呼んだ。

徳一郎と一番番頭の伝兵衛は、緊張した面持ちで徳翁が座敷に現れるのを待った。

「おいでなさいませ……」

下男の弥平の女房おしまが、徳一郎と伝兵衛に茶を差し出した。

「おしま、おかよは息災《そくさい》にしているかな……」

徳一郎は、茶を飲みながら尋ねた。

「はい。それはもう御達者にしております」

おしまは微笑んだ。

「そうですか……」

徳一郎は頷いた。

徳翁が、座敷に入って来た。

「待たせたね……」

徳一郎と伝兵衛は頭を下げ、おしまは一礼して座敷を出て行った。

「今日、来てもらったのは他でもない。おかよの事だ」

徳翁は、徳一郎と伝兵衛を見据えた。

「はい……」

徳一郎は頷き、伝兵衛は緊張に喉を鳴らした。

「徳一郎、ここ何日かおかよをしっかりと見守ったが、おかよは十年前に行方知れずになったお前の子、儂《わし》の孫に相違ない」

徳翁は断言した。

「では、本物のおかよ……」

徳一郎は、微かな戸惑いを浮かべた。

「ご、御隠居さま、本物のおかよさまだという確かな証は……」

伝兵衛は念を入れた。

「金襴の布袋に入っていた徳一郎の書いた書付、お前が書いたものに間違いないな」

徳翁は、徳一郎を見詰めた。

「それはもう間違いございません。ですが、持っていたから本人だとは限りません。別人が奪ったとか、拾ったとか……」

徳一郎は眉をひそめた。

「旦那さま……」

伝兵衛は、徳一郎を制した。

「う、うむ。お父っつあん、それ故、お父っつあんが見定めると仰って……」

徳一郎は、徳翁に恨みがましい眼を向けた。

「徳一郎、そっくりなんだよ……」

徳翁は苦笑した。

「そっくり……」

徳一郎は、戸惑いを浮かべた。

「ああ。おかよの人柄や癖が、お前のおっ母さん、私の亡くなった女房のおまきの若い頃にそっくりなんだよ」

「おっ母さんの若い頃に……」

徳一郎は驚いた。

「ああ。素直で労を惜しまず、何にでも興味を持ち、自分でやってみる。そんな人柄や気性《きしょう》がね……」

「おっ母さんにそっくり……」

「ああ。おかよは祖母《ばあ》さんの若い頃にそっくりの人柄と気性なんだよ」

「おっ母さんに……」

徳一郎は、呆然と呟いた。

「そのお陰で丸菱屋は繁盛し、身代を増やし、大店と呼ばれるような店になった……」

徳翁は、懐かしそうに眼を細めた。

「そうでしたか……」

徳一郎は、頷くしかなかった。

「おかよは、祖母さんに似たようだ……」

徳翁は、嬉しそうな笑みを浮かべた。

「ならばお父っつあん、おかよを実の娘として丸菱屋に引き取ります」

徳一郎は告げた。

「それには及びません……」

「えっ……」

徳一郎は、戸惑いを浮かべた。

「徳一郎、おかよは儂が手許に置いて育てますよ……」

「お父っつあん……」

「御隠居さま……」

徳一郎と伝兵衛は驚いた。

「徳一郎、おかよは十年前に行方知れずになった子供のおかよに間違いないと儂が見定め、手許に置くと決めた事を松乃たちに伝えなさい。伝兵衛、お前は奉公人たちにな……」

徳翁は、厳しい面持ちで命じた。

おかよは、隠居の徳翁によって十年前に行方知れずになった呉服屋『丸菱屋』の娘だと認められた。

それは湧き起こった波紋を鎮めるのか、もっと広げることになるのか……。

第四話　陽炎参上

一

秩父から来たおかよは、十年前に行方知れずになった呉服屋『丸菱屋』の娘に間違いない……。

隠居の徳翁の言葉は、徳一郎と伝兵衛によって呉服屋『丸菱屋』のお内儀の松乃たち家族と奉公人たちに報された。

おかよは、呉服屋『丸菱屋』の実の娘……。

呉服屋『丸菱屋』には、戸惑いと安堵が交錯した。

おりんは、呉服屋『丸菱屋』の者たちの反応を窺った。

お内儀の松乃は徳一郎から報され、狼狽《うろた》えたり取り乱したりする事はなく、寧《むし》ろおかよが無事に帰って来たと喜んだ。

今のところ、松乃に不審なところは一切ない……。

おりんは読んだ。

芝居……。

おかよが呉服屋『丸菱屋』の実の娘だと決まれば、松乃の産んだ二人の娘は身代相続が不利になる。

お内儀の松乃にとって、おかよは邪魔なだけなのだ。

松乃は、芝居を打って本音を隠しているのかもしれない……。

もしそうなら、それは隠し通せず、必ず綻《ほころ》びを見せる筈だ。

おりんは、お内儀の松乃を秘かに見張ってその時を待ち続けた。


真崎源之丞とつるんでいる者がいれば、おかよが丸菱屋の実の娘だと認められたのを知り、必ず動く筈だ……。

左近は、真崎源之丞の組屋敷に潜んで訪れて来る者を待った。

下谷練塀小路の組屋敷街に赤ん坊の泣き声が響いた。

粋な形《なり》をした年増がやって来た。

年増は、真崎屋敷の前で立ち止まり、板塀の木戸門を押した。

木戸門は開いた。

年増は、戸惑いながらも木戸門を潜って真崎屋敷に入った。

左近は、物陰から見守った。

「真崎さん、おいでになりますか、真崎さん。妻恋町のおちかです。真崎さん……」

年増は、真崎屋敷の玄関から声を掛けた。

妻恋町のおちか……。

左近は気が付いた。

年増は、妻恋町の芸者あがりの三味線の師匠のおちかなのだ。

左近は見定めた。

おちかは、玄関からだけではなく庭先や勝手口に廻って声を掛け続けた。だが、真崎屋敷からは誰の返事もなかった。

左近は、おちかを真崎の情婦《おんな》だと思っていた。

それは、斜向かいの長屋のおかみさんが、おちかの情夫《おとこ》は侍だと云ったからだ。

侍は真崎源之丞一人ではない……。

おちかの情夫の侍は、真崎と別の者なのだ。そして、真崎はその侍に用があって妻恋町のおちかの家に行ったのだ。

左近は、己の迂闊《うかつ》さに苦笑した。

おちかは、真崎源之丞がいないと見定めて真崎屋敷を出た。そして、下谷練塀小路を戻って行った。

おちかの情夫の侍とは、誰なのだ……。

そして、おちかの情夫の侍は、呉服屋『丸菱屋』のおかよの一件と拘《かか》わりがあるのか……。

左近は追った。

呉服屋『丸菱屋』には多くの客が訪れ、賑わっていた。

一番番頭の伝兵衛たち奉公人は、いつもと変わりなく忙しく客の相手をしていた。そして、それは女中頭のおかねたち女中も同じだった。

所詮、奉公人にとって主一家の出来事は雲の上での出来事に過ぎない。

おりんは、働きながら『丸菱屋』の様子を窺った。

旦那の徳一郎は、三番番頭と手代を従えて得意先の旗本《はたもと》屋敷に出掛けていた。

一番番頭の伝兵衛が、背の高い侍を母屋の奥に誘って行った。

侍……。

おりんは見送った。

「どうしたの……」

女中頭のおかねが咎《とが》めた。

「は、はい。今、一番番頭さんがお侍さまを奥に……」

「ああ。あの人はね、お内儀さまの弟だよ」

「お内儀さまの弟……」

「雨宮又四郎って御家人だよ」

おかねは眉をひそめた。

「雨宮又四郎……」

「ああ。いつも偉そうにしていて、いけ好かない奴だよ」

おかねは、雨宮又四郎が嫌いなのか、母屋を腹立たしげに一瞥《いちべつ》した。

お内儀松乃の弟の御家人、雨宮又四郎……。

おりんは知った。

「時々、お見えになるんですか……」

「ああ。此処《ここ》だけの話だけど、お内儀さまを財布だと思っている酷《ひど》い奴だよ」

「お内儀さまを財布……」

おりんは眉をひそめた。

「ああ。お内儀さまはお優しい人だし、たった一人の弟だからね。ついつい渡してしまうんだよ。お金を……」

おかねは、お内儀の松乃に同情した。

「そうなんですか……」

「さあ、お喋りはここまでだよ……」

おかねは笑った。

「はい……」

おりんは仕事を続けた。

四半刻が過ぎた。

雨宮又四郎は、伝兵衛と母屋の奥から出て来て店に向かった。

おりんは、仕事を済まして追った。

御家人雨宮又四郎は、一番番頭の伝兵衛に見送られて呉服屋『丸菱屋』を出た。

そして、日本橋の通りを神田八ツ小路に向かった。
おりんは、呉服屋『丸菱屋』の脇の路地から見送った。
清次が寄って来た。
「雨宮又四郎、お内儀の松乃さんの弟の御家人だよ」
おりんは告げた。
「承知……」
清次は頷き、人混みを行く雨宮を追った。
おりんは見送り、呉服屋『丸菱屋』に戻った。
妻恋町の板塀を廻された仕舞屋は、おちかが帰ってからも静けさに覆われていた。
左近は見守った。
仕舞屋には、真崎源之丞が逢いに来たおちかの情夫である侍がいるのだ。
情夫の侍は、真崎が姿を消したのを知り、どう思い、どうするのか……。
左近は、情夫の侍が動くのを待った。
背の高い侍がやって来た。

左近は、古い長屋の木戸口の陰に入った。

背の高い侍は、おちかの仕舞屋の木戸門を潜った。

おちかの情夫……。

左近は見定め、清次が尾行《つけ》て来たのに気が付いた。

清次は、雨宮又四郎が板塀の廻された仕舞屋に入ったのを見届けた。

「奴は誰ですか……」

左近が現れた。

「呉服屋丸菱屋のお内儀さんの弟の雨宮又四郎、御家人です」

「松乃の弟の御家人、雨宮又四郎……」

左近は眉をひそめた。

「はい。丸菱屋からの帰りでしてね。きっと、姉さんに小遣いでもせびりに行ったんですぜ」

清次は読んだ。

「そんなところですか……」

「で、此処は……」

清次は、板塀の廻された仕舞屋を眺めた。

「おちかという芸者あがりの三味線の師匠の家です」

「雨宮又四郎の情婦ですか……」

「ええ……」

おちかの情夫は、呉服屋『丸菱屋』のお内儀松乃の弟である御家人の雨宮又四郎だった。

ならば、死んだ真崎源之丞におかよ闇討ちを頼んだのは雨宮又四郎なのか……。

そして今、真崎が姿を消し、おかよが呉服屋『丸菱屋』の実の娘と認められたのを知ってどうするか……。

左近は読んだ。

仕舞屋の板塀の木戸門が開いた。

編笠《あみがさ》を被った雨宮又四郎が現れ、湯島天神に向かった。

「左近さん……」

清次は、左近の指示を仰いだ。

「此処を頼みます……」

「はい……」

左近は、清次を残して雨宮又四郎を追った。
湯島天神門前町の外れには、古い剣術道場があった。
雨宮又四郎は、古い剣術道場に入った。
古い剣術道場には、『真新陰流　前田道場』の看板が掛かっていた。
「真新陰流《しんしんかげりゆう》、前田《まえだ》道場か……」
左近は見定めた。
真新陰流は、小笠原長治《おがさわらながはる》を祖とする古い剣術の流派だ。
左近は、近所の者に道場の様子を尋ねた。
道場主の前田平内《へいない》は病の床に就き、師範代の北島左兵衛《きたじまさひょうえ》が道場を取り仕切り、
二十人程の門弟が出入りしていた。
門弟は浪人が殆《ほとん》どであり、お店や賭場の用心棒などをして金を稼いでいた。
「でも、裏で危ない真似もしているって噂ですよ」
近所の者は、胡散《うさん》臭そうに眉をひそめた。
雨宮又四郎が、四人の浪人と出て来た。
左近は見守った。

雨宮と四人の浪人は、不忍池に向かった。
四人の浪人を従えて何処《どこ》に行くのか……。
左近は追った。

隅田川は夕陽に染まった。
雨宮は、四人の浪人を従えて隅田川に架かっている吾妻橋を渡った。
行き先は、向島の呉服屋『丸菱屋』の寮……。
左近は睨んだ。
雨宮と四人の浪人は、向島の土手を進んだ。
夕陽は沈み、向島は薄暮に覆われた。

呉服屋『丸菱屋』の寮には、明かりが灯されていた。
雨宮と四人の浪人は、呉服屋『丸菱屋』の寮の様子を窺った。
寮の様子を窺ってどうする気だ……。
左近は見守った。
雨宮は、二人の浪人に何事かを囁いた。

二人の浪人は頷き、板塀沿いに裏手に進んだ。

庭から押し込む気か……。

左近は読んだ。

雨宮は、残った二人の浪人と寮の前に佇み、辺りを鋭く見廻していた。

二人の浪人を追うには、雨宮と残る二人の浪人を倒さなければならない。

左近は、微かな焦りを覚えた。

二人の浪人は、板塀沿いに進んで庭の垣根に出た。そして、垣根越しに寮の座敷を窺った。

寮は既に雨戸を閉め、隙間から僅かな明かりを洩らしていた。

二人の浪人は、垣根を乗り越えようとした。

刹那、煌めきが飛来し、二人の浪人の頬を斬り裂いた。

二人の浪人は驚いた。

そして、頬が薄く斬り裂かれ、血が流れているのに怯んだ。

何者かが潜み、手裏剣を投げたのだ。

二人の浪人は、既に何者かに監視されていると知り、板塀沿いを急いで戻った。

二人の浪人は、寮の板塀沿いを駆け戻って来た。

「どうした……」

雨宮は、戸惑いを浮かべた。

「何者かが潜んでいた……」

二人の浪人は、血の流れる頬の傷を見せた。

「何……」

雨宮と残っていた二人の浪人は、身構えて辺りを窺った。

何者かが潜んでおり、二人の浪人の頬を斬り裂いた……。

左近は知った。

平作か……。

左近は、肩を斬られて姿を消した平作を思い出した。

寮の屋根に黒い人影が現れた。

違う……。

左近は、寮の屋根に現れた黒い人影が平作ではないのに気が付いた。

「おのれ、退《ひ》け……」

雨宮は、寮の屋根に現れた黒い人影に気が付かずに浪人たちに命じた。

四人の浪人たちは、雨宮に続いて寮の前を離れ、土手道を戻り始めた。

黒い人影は、寮の屋根の上から土手の道に大きく跳んだ。

忍び……。

左近は気が付いた。

忍び装束に身を固めた忍びの者は、雨宮と四人の浪人を追った。

まさか……。

左近は、忍びの者の動きを見て、その素性に思い当たった。

雨宮又四郎は、追って来る者がいるのに気が付いた。

「待て……」

雨宮は、四人の浪人を呼び止めて振り返った。そして、夜の闇を透かし見た。

闇の奥に黒い人影が佇んでいた。

「忍びか……」

雨宮は、闇に向かって告げた。

四人の浪人は身構えた。

忍びの者が、闇の奥から現れた。

「何処の忍びだ……」

雨宮は、忍びの者を見据えた。

「名を名乗る忍びはいない……」

忍びの者は嘲笑《あざわら》った。

「くノ一か……」

雨宮は知った。

「未だ諦《あきら》めないようだな……」

「真崎たちを始末したのは、お前か……」

雨宮は尋ねた。

「そいつは知らぬ……」

くノ一は告げた。

「何……」

雨宮は、戸惑いを浮かべた。

「何《いず》れにしろ、おかよの命を狙うのは諦めるんだな……」
くノ一は云い放った。
「黙れ……」
雨宮は、くノ一に抜き打ちの一刀を鋭く放った。
四人の浪人が刀を抜き、くノ一に猛然と斬り掛かった。
くノ一は跳び退いた。
くノ一は、地を蹴って夜空高く跳び、棒手裏剣を放った。
棒手裏剣は煌めいた。
二人の浪人の刀を握る腕に棒手裏剣が突き刺さった。
二人の浪人は、思わず刀を落として後退した。
残る二人の浪人が、着地したくノ一に襲い掛かった。
くノ一は、忍び刀を抜いて斬り結んだ。
二人の浪人は、刀を振るって力押しに押した。
くノ一は、片手に握った忍び刀で斬り込みを受け、残る手で苦無《くない》を振るった。
三人目の浪人が、脇腹を抉られて血を飛ばした。
くノ一は、続け様《ざま》に四人目の浪人に苦無を放った。

四人目の浪人は、咄嗟に飛来した苦無を刀で弾き飛ばし、僅かに体勢を崩した。

刹那、くノ一は忍び刀を一閃した。

四人目の浪人は、肩を斬られて仰け反った。

「退《ひ》け……」

雨宮は叫んだ。

四人の浪人たちは、我先に身を翻して土手道を走った。

くノ一は見送った。

「相変わらずだな。秩父忍びの陽炎《かげろう》……」

くノ一は振り返り、声のした闇を見詰めた。

左近が、闇を揺らして現れた。

「左近……」

陽炎は、その眼を輝かせた。

二

隅田川には船明かりが映えていた。

左近と陽炎は、向島の土手道を進んだ。

「そうか。斬られた平作さんを助け、浪人どもを倒していたのは左近だったのか……」

陽炎は知った。

「うむ。して、平作は無事か……」

左近は心配した。

「深手だが、どうにか命は取り留めた……」

「それは良かった。で、陽炎、平作とはどんな拘わりなのだ」

「平作さんは、秩父は大滝村で百姓の他に猟師をしていてな。私たち秩父忍びと何かと親しく付き合っていた。それで、平作さんがおかよちゃんを連れて江戸に発った後、妙に胸騒ぎがしてな」

陽炎は告げた。

「して、江戸に追って来たか……」

「ああ。こっちだ……」

陽炎は、長命寺を過ぎた処《ところ》にある小川沿いの道に曲がった。

左近は続いた。

小川沿いには古い百姓家《ひゃくしょうや》があった。

古い百姓家は軒が傾き、所々壁は崩れて床は抜けていた。

「平作さん、私だ……」

陽炎は、声を掛けて百姓家の中に入った。

左近は続いた。

埃と黴《かび》、そして薬湯の臭いが鼻を突いた。

陽炎は、土間から板の間に上がって奥に進んだ。

奥の座敷に老爺が横たわっていた。

「陽炎か……」

老爺は身を起こした。

秩父大滝村の平作だった。

「うむ……」

陽炎は頷いた。

平作は、陽炎の背後にいる左近に気が付き、緊張を露《あら》わにした。

「平作さん、此の者は秩父忍びの日暮左近と申す者だ」

陽炎は、左近を平作に引き合わせた。

「日暮左近さん……」

平作は、小さな笑みを浮かべて会釈をした。

「ああ。元秩父忍びの日暮左近だ。平作、命を取り留めて良かったな」

「はい。左近さんのお陰です」

「して平作さん、今夜も得体《えたい》の知れぬ侍共がおかよちゃんに闇討ちを仕掛けようとしましたよ」

陽炎は告げた。

「今夜も……」

平作は、老顔を歪めた。

「ええ。追い返したけど……」

「しつこい奴らだ……」

平作は、怒りを滲ませた。

「浪人どものおかよ闇討ちは、直参《じきさん》御家人の雨宮又四郎という者に頼まれての仕業だ……」

左近は告げた。

「御家人の雨宮又四郎……」

平作は眉をひそめた。

「ああ。呉服屋丸菱屋のお内儀松乃の弟だ」

「お内儀さまの弟……」

平作は驚いた。

「うむ。雨宮又四郎が何故、おかよの命を狙うのかは今一つはっきりしないがな」

左近は、雨宮又四郎の背後に姉の松乃が潜んでいる可能性を棄て切れていなかった。

「そうですか……」

「うむ。ところで平作、十年前、おかよは三歳の時に行方知れずになり、神隠しに遭ったと噂されたのだが、どのような成行きで平作の許に……」

左近は尋ねた。

「なあに、大滝村の雑木林で泣いていたおかよを見付けましてね。助けただけですよ」

平作は、懐かしげな笑みを浮かべた。

「その時、おかよは一人だったのかな」

左近は訊いた。

「ええ。一人でした。もっともその後、いろいろ近くの百姓に訊いたところ、若い侍と町方の男がおかよを連れて歩いているのを見た者がいましたよ」

「若い侍と町方の男……」

左近は眉をひそめた。

「ええ。で、町方の男はどうやら人買いの長次郎《ちょうじろう》って奴じゃあないかと……」

「ならば、おかよは若い侍から長次郎という人買いに……」

左近は読んだ。

「きっと売り飛ばされる。儂《わし》はそう思った……」

平作は頷いた。

「酷い……」

陽炎は、怒りを過ぎらせた。

「うむ……」

「左近、もしやその時の若い侍、今夜、おかよに闇討ちを仕掛けた雨宮又四郎かもしれぬな……」

陽炎は睨んだ。

「その通りだ……」

左近は頷いた。

十年前、おかよが行方知れずになった時、呉服屋『丸菱屋』お内儀の松乃は子を身籠《みごも》っていた。

如何《いか》におかよを可愛がっていても、生さぬ仲の義理の娘だ。己の子が生まれるとなると、話は別なのかもしれない。

雨宮又四郎は、姉の松乃に頼まれておかよを拐《かどわ》かしたのかもしれない。それとも、又四郎が己の姉に生まれる子に呉服屋『丸菱屋』を継がせたい一念で勝手にやった事なのかもしれない。

「して平作は、泣いていたおかよを家に連れて帰り、手許に置いて育てたのか……」

「ええ。持っていた書付で、おかよの名前と家が江戸の呉服屋丸菱屋だと分かりました。でも、直ぐに連れて行くと、おかよ、今度は殺されるかもしれないと思いましてね。暫《しばら》く様子を見る事にしたんです……」

「それで平作さん、おかよちゃんを江戸の奉公に出ていた娘さんの忘れ形見だと……」

陽炎は告げた。

「うん。孫だと云って育てた。おかよは利発で賢い子でな。何にでも興味を持ち、自分で何でもする、可愛い良い子でした。儂は早くおかよを丸菱屋さんに帰さなければと思った。だが、三年が過ぎ、五年が過ぎ、帰さなければ、帰さなければと思い、十年が過ぎてしまった。おかよは、賢くて利発で逞《たくま》しい子に育ちました。儂はおかよに事の次第を話して聞かせ、丸菱屋さんに帰れと云ったのです」

「そうだったの……」

「おかよは嫌がりました。ずっと儂の孫として一緒に大滝村で暮らすと云ってくれました。だが、そうはいかない。儂はおかよに一生懸命に云い聞かせた……」

「そして、丸菱屋に帰る事になったのか……」

「ええ。で、儂は十年前の若い侍が又、現れると思い、直ぐに身を隠し、秘かにおかよの身を護る事にしたのです」

平作は喉が渇いたのか、冷えた薬湯を飲んだ。

「そして、おかよが引き取られた徳翁の隠居所を見張ったか……」

「はい。それで、押し込もうとした浪人たちと闘い、得体の知れぬお人が現れ、助けてくれました……」

平作は、左近を見て苦笑した。

「いや。年寄りの猟師にしては見事な働きだった」

左近は笑った。

「それで左近さん、おかよは……」

平作は、不安を滲ませた。

「隠居の徳翁が実の孫だと認め、自分の手許に置いて育てるそうだ」

「御隠居さまが。良かった……」

平作は微笑んだ。

「うむ。おかよの人柄や気質、徳翁の死んだ女房、おかよの祖母に良く似ているそうだ」

左近は笑った。

「そうなんですか……」

平作は驚いた。

「良かったわね。平作さん……」

「ああ……」

「うむ。平作、怪我が癒《い》えたら秩父の大滝村に帰るのだな」

「はい。おかよの行く末に心配ないと、見定めれば……」

平作は頷いた。

「そいつも間もなくだ……」

左近は告げた。

「左近……」

陽炎は眉をひそめた。

「事の真相を突き止め、雨宮又四郎を斬り棄てて後顧《こうこ》の憂《うれ》いをなくすのに刻は掛からぬであろう。ではな……」

左近は、潰れ掛かった百姓家から出て行った。

「左近……」

陽炎は追った。

平作は、手を合わせて左近を見送った。

左近は、潰れ掛かった百姓家から出た。

「左近……」

陽炎が追って現れた。

左近は振り返った。

「手伝う事はあるか……」

陽炎は笑った。

「おそらく、雨宮又四郎は姿を隠し、おかよの命を狙い続けるだろう」

「そうか……」

「それ故、今暫くおかよの身辺を見守ってやってくれ」

「それは云うまでもない。他には……」

「今のところはそれだけだ……」

左近は、陽炎を残して隅田川に向かった。

陽炎は見送った。

向島の夜空には星が溢《あふ》れていた。

板塀に囲まれた仕舞屋には、変わった様子は窺えなかった。

左近はやって来た。

見張っている筈の清次は現れない。

昨日、見張りに残った清次がいなくなったのは、雨宮又四郎が帰って来て再び出掛けたからだ。

清次は、雨宮又四郎を尾行《つけ》たのだ。

左近は読んだ。

よし……。

左近は、仕舞屋の板塀の木戸門に近付いた。

仕舞屋の板塀の木戸門は開いた。

左近は、木戸門を入って仕舞屋の戸口の格子戸を叩いた。

「はい……」

女の返事がし、格子戸が開けられた。

おちかが顔を出した。

「あの、何か……」

おちかは科《しな》を作った。

「雨宮又四郎どのは何処に行ったのかな……」

左近は訊いた。

「えっ。さあ……」

おちかは、左近が雨宮又四郎に用があって来たと知り、微かな緊張を滲《にじ》ませて惚《とぼ》けた。

「俺は、呉服屋丸菱屋の事で来た前田道場の者だが……」

左近は、湯島天神傍の剣術道場の者を装った。

「あら、そうなんですか。又四郎の旦那なら前田道場に行きましたよ」

おちかは、左近の言葉を信じて戸惑った。

「前田道場に……」

「ええ……」

おちかは、怪訝な面持ちで頷いた。

「そうか、行き違いになったようだ。邪魔をしたな……」

左近は小さな笑みを浮かべて、おちかの仕舞屋を出た。

雨宮又四郎は、湯島天神傍の真新陰流前田道場に行った。

左近は湯島天神に急いだ。

呉服屋『丸菱屋』の店先に掲げられた御用達の金看板は、陽差しに輝いていた。

旦那の徳一郎は、三番番頭と手代を従えて大名旗本家の得意先廻りに出掛けていた。

相変わらず客は多く、一番番頭の伝兵衛たち奉公人は忙しく働いていた。そして、女中頭のおかねとおりんたち女中もいろいろと忙しかった。

おりんは、主一家の暮らす母屋の座敷の掃除をしていた。

縁側から庭先に下りた者がいた。

おりんは、座敷の障子の陰から庭先を窺った。

庭先に下りたのはお内儀の松乃であり、板塀の裏木戸に向かって行った。

何処に行くのか……。

おりんは、お内儀の松乃を追った。

裏木戸を出た松乃は、呉服屋『丸菱屋』の裏手の高砂新道《たかさごじんみち》を足早に通って西堀留川に向かった。

おりんは追った。

松乃は、足早に進んで西堀留川の堀端に出た。そして、辺りを見廻した。

堀端の柳の木の下に雨宮又四郎が佇《たたず》んでいた。

「又四郎……」

松乃は、乱れた息を整えながら雨宮に近付いた。

「やあ。姉上……」

雨宮は、笑顔で松乃を迎えた。

おりんは、物陰から見守った。

雨宮又四郎は、松乃に何事かを云って頭を下げた。

松乃は、懐から二十五両の小判を出して雨宮に差し出した。

雨宮は、満足に礼も云わず、二十五両を受け取って無雑作《むぞうさ》に懐に入れた。

雨宮は、松乃に金を無心《むしん》して受け取った。

おりんは見届けた。

雨宮は、松乃に笑い掛けて西堀留川の堀端を道浄橋《どうじょうばし》に立ち去った。

どうする……。

おりんは、雨宮を追うかどうか迷った。

清次が西堀留川の流れを挟《はさ》んだ堀端に現れ、雨宮を追って行った。

清次が雨宮を見張っている……。

おりんは安堵した。

松乃は不安げに弟を見送り、呉服屋『丸菱屋』に戻り始めた。

おりんは尾行た。

雨宮は、松乃に無心した二十五両を何に使うのか……。

ひょっとしたら、おかよ闇討ちに使うのかもしれない。

おりんは読んだ。

もしそうだとしたら、松乃は知っていて二十五両を渡したのか、それとも知らずに渡しているのか……。

それによって、松乃のおかよに対する立場がはっきりする。

松乃は、呉服屋『丸菱屋』に廻された板塀の裏木戸に入って行った。

おりんは見届けた。


湯島天神傍にある真新陰流の前田道場は、木刀の打ち合う音もなく門弟たちの馬鹿笑いが響いていた。

既に道場とは名ばかりの無頼《ぶらい》浪人の溜り場になっている。

左近は読んだ。

道場から一人の浪人が出て来た。

よし……。

左近は、浪人を追った。

不忍池の畔は散策する人も少なく、閑散としていた。

浪人は、不忍池の畔を下谷広小路に向かった。

「おい……」

左近は、浪人を呼び止めた。

浪人は振り返った。

「前田道場の者だな……」

左近は笑い掛けた。

「ああ……」

浪人は、警戒するような眼で頷いた。

刹那、左近は浪人を押さえ、喉元に苦無を突き付けた。

浪人は仰《の》け反《ぞ》った。

「道場に雨宮又四郎が来ているな……」

「い、今はいない……」

浪人は、抗いもせず喉を引き攣《つ》らせた。

無頼の者たちには、義理もなければ人情もない。あるのは我が身可愛さと狡猾《こうかつ》さだけだ。

「いない。何処に行ったのだ……」

「金策だ……」

「金策……」

左近は眉をひそめた。

「前田道場の師範代の北島左兵衛に云われてな……」

「闇討ち代か……」

左近は読んだ。

「そうだ……」

浪人は頷いた。

「お前も闇討ちに加わるのか……」

「ああ……」

「よし。ならば金は貰い、いざとなったらさっさと逃げるのだな」

左近は苦笑した。

「えっ……」

「此の事、他言は無用……」

左近は、厳しく云い放った。

三

左近は、不忍池の畔から湯島天神傍の前田道場に戻った。

真新陰流の前田道場は、静けさに包まれていた。

左近は見守った。

雨宮又四郎は、前田道場師範代の北島左兵衛に云われて金策に行っている。

おそらく、此《これ》以上のおかよ闇討ち失敗は許されぬと、師範代の北島左兵衛を始めとした道場の者たちの多くを雇うつもりなのだ。

左近は読んだ。

そして、雨宮は何処から金を用立てるつもりなのだ。

呉服屋『丸菱屋』のお内儀で姉の松乃……。

左近は思い当たった。

松乃しかいない……。

左近は睨んだ。

「何か用か……」

背後に男の声がした。

左近は振り返った。

「我らが道場に用があるのか……」

数人の浪人が、背後からやって来た。

「いや。別に……」

「ならば何故、道場を窺っていた」

「うむ。真新陰流の剣術道場とは珍しいと思ってな」

「おのれ、古い流派と侮《あなど》るか……」

「いや。そんなことはない……」

左近は苦笑した。

「よし。真新陰流が珍しいならば、篤《とく》と見せてやろうじゃあねえか……」

浪人たちは、左近を前田道場に連れ込もうとした。

面白い……。

左近は、事の成行きを楽しむかのように前田道場に連れ込まれる事にした。

真新陰流前田道場は、床の掃除も満足にされていなく隅には埃が溜まっていた。

浪人たちは、薄笑いを浮かべて左近を取り囲んだ。

木刀が放られ、乾いた音を立てて左近の前に転がった。

「拾え。稽古を付けてやる……」

若い浪人が、木刀に素振りをくれながら左近の前に進み出た。

「稽古を付けてくれるのか……」

左近は木刀を拾った。

「ああ……」

若い浪人は、猛然と左近に打ち掛かった。

刹那、左近の木刀が唸った。

若い浪人は、羽目板《はめいた》に激しく叩き付けられ、気を失って前のめりに倒れた。

浪人たちは驚き、言葉を失った。

「さあ、次は誰が稽古を付けてくれるのだ」

左近は笑い掛けた。
浪人たちは怯み、後退りをした。
「ならば、俺の方から行くぞ……」
左近は、木刀を手にして無雑作に浪人たちに向かって踏み込んだ。
「おのれ……」
浪人たちは刀を抜き、左近に猛然と殺到した。
左近は、木刀を縦横に唸らせた。
浪人たちは、次々に打ちのめされて倒れた。
おかよの闇討ちに加わりそうな者は、一人でも減らしておく……。
左近は、容赦なく痛め付けた。
肉を打つ鈍い音がし、骨の折れる甲高い音が鳴った。
浪人たちは、悲鳴を上げてのたうち廻った。
「そこまでだ……」
総髪《そうはつ》の武士が、道場の奥に続く戸口に佇んでいた。
師範代の北島左兵衛……。
左近は読んだ。

「おぬし、何者だ……」

北島は、左近を鋭く見据えた。

「通りすがりの者だが、稽古を付けてやると無理矢理に連れ込まれてな……」

左近は苦笑した。

北島は、浪人たちを厳しく見渡した。

浪人たちは項垂《うなだ》れ、息を乱しながら眼を逸《そ》らした。

「どうやら迷惑を掛けたようだな……」

北島は、左近の云う事の正しさと浪人たちの愚かさを知った。

「ならば、此で……」

左近は、倒れている浪人の一人に木刀を投げ渡して道場から出て行った。

北島は、厳しい面持ちで左近を見送った。

前田道場を出た左近は、やって来る侍に気が付いて物陰に潜んだ。

やって来た侍は、雨宮又四郎だった。

雨宮は、物陰に潜んだ左近に気が付かずに前田道場に入って行った。

金策は上手くいったのか……。

左近は見送った。

「左近さん……」

清次が追って来た。

「やあ。雨宮又四郎の金策、どうでした」

左近は尋ねた。

「上手くいきましたよ」

「金策の相手は、呉服屋丸菱屋のお内儀松乃ですか……」

左近は読んだ。

「ええ。良く御存知ですね」

清次は、戸惑いを浮かべた。

「前田道場の浪人を脅して、雨宮が金策に行ったと聞きましてね」

左近は、小さな笑みを浮かべた。

「そうでしたか……」

清次は苦笑した。

「雨宮、用意した金でおかよ闇討ちに必要な人数を雇うつもりでしょう」

左近は睨んだ。

肝要《かんよう》なのは、お内儀の松乃がそれを知っているのか、それとも知らないのか……。

そいつを見定めなければ、一件の始末はつけられない。

松乃に逢うべきなのか、それとも……。

左近は迷った。


呉服屋『丸菱屋』の母屋は、店が賑わっているとは思えない静けさだった。

お内儀の松乃は、母屋の居間で娘の物なのか花柄の着物を縫っていた。

「お内儀さま……」

女中のおりんが、手紙を持って戸口にやって来た。

「何ですか、おりんさん……」

「只今、便り屋さんがお内儀さま宛てのお手紙を持って参りました」

おりんは、手紙を差し出した。

「手紙……」

松乃は、怪訝な面持ちで縫い物の手を止め、手紙を受け取った。

「可愛らしい柄の着物ですね。お嬢さまの着物ですか……」

おりんは、松乃の縫っていた着物に眼を留めた。

「ええ。おかよが無事に帰って来たお祝いにね……」

松乃は微笑んだ。

「おかよさまの……」

おりんは、松乃がおかよが戻ったのを心底喜んでいるのを知った。

「ええ……」

「そうですか。じゃあ失礼します……」

おりんは立ち去った。

「御苦労さま……」

松乃は労《ねぎら》い、手紙の裏を見た。

差出人の名前はなかった。

「誰かしら……」

松乃は、手紙の封を切って読み始めた。

おりんは、次の間の襖の陰から手紙を読む松乃の背を窺った。

松乃の肩が揺れ、手紙を持つ手は小刻みに震えた。

驚き、激しい衝撃を受けた……。

おりんは知った。

手紙には何が書かれていたのか……。

松乃はどうするのか……。

おりんは見守った。

松乃は、読み終えた手紙を畳んで懐に入れ、縫い掛けの着物と裁縫道具を手早く片付けた。そして、押し入れを開け、隅から懐剣《かいけん》を取り出して胸元に入れた。

懐剣……。

おりんは、松乃が武家の出なのを思い出した。

松乃は、庭に下りて足早に板塀の横手に廻って行った。

板塀の裏木戸から出掛ける……。

おりんは睨み、追った。


裏木戸を出た松乃は、足早に裏通りを進んだ。

おりんは追った。

「おりんさん……」

左近が背後から現れ、おりんに並んだ。

「左近さん……」

おりんは戸惑った。

「松乃、手紙を読んでどんな風だった」

左近は、足早に行く松乃を追いながら尋ねた。

「じゃあ、手紙は左近さんが……」

「うむ。弟又四郎がおかよを亡き者にしようとしているとな……」

松乃宛に手紙を便り屋に届けさせたのは、左近だった。

「松乃さん、随分と驚いていましたよ」

「そうか、驚いていたか……」

「それで懐剣を持って……」

「懐剣……」

左近は眉をひそめた。

「ええ……」

おりんは、心配げな面持ちで頷いた。

「そうか、懐剣か……」

左近は、松乃が何かしらの覚悟をしたのを知った。

先を行く松乃は、表通りに出て町駕籠を呼び止めて乗り込んだ。

「駕籠で何処まで行くのかしら……」

おりんは眉をひそめた。

左近は、松乃が乗った町駕籠を追った。

おりんは続いた。


松乃の乗った町駕籠は、神田八ツ小路から神田川に架かっている昌平橋を渡り、湯島の通りを本郷に向かった。

左近とおりんは追った。

松乃は、小石川馬場の傍にある実家の雨宮屋敷に行く。

左近は睨んだ。

松乃の乗った町駕籠は、湯島の通りから本郷通りに進み、菊坂台町《きくざかだいまち》に入った。

「本当に何処に行くんだろう」

おりんの声に疲れが滲んだ。

「小石川馬場の傍の雨宮屋敷、実家だ」

左近は教えた。

「えっ……」

おりんは、左近が知っているのに戸惑った。


小石川馬場の傍の雨宮屋敷は、静寂に覆われていた。

松乃は、近くで町駕籠を降りて実家である雨宮屋敷に歩いて来た。そして、板塀の木戸門を開けて屋敷内に入った。

左近とおりんは、物陰から見届けた。


雨宮屋敷内は、薄暗く人気はなかった。

「又四郎……」

松乃は、屋敷の中に声を掛けながら入って来た。

「又四郎……」

屋敷の中から返事はなかった。

雨宮又四郎はいなかった。

松乃は見定め、台所の囲炉裏端に座り込んで周囲を見廻した。

薄暗い台所は、冷ややかで埃っぽかった。

空の一升徳利や欠け茶碗が放り出され、囲炉裏の灰は汚れて固まっていた。そして、隣の座敷に汚れた蒲団が敷きっ放しになり、汚れた着物が脱ぎ棄ててあった。

又四郎は、自堕落《じだらく》な暮らしをしている……。

松乃は、哀しげに顔を歪めて深々と吐息を洩らした。

又四郎が自堕落な男になったのは、私が小遣いを与え過ぎたからなのだ……。

そして、又四郎は十年前におかよを人買いに売り渡し、今は亡き者にしようとしている。

それは、呉服屋『丸菱屋』の身代を血の繋がった姪たちのものにし、お零《こぼ》れに与《あずか》る企みなのだ。

私の所為《せい》だ。私が甘やかした所為なのだ……。

松乃は、身を震わせて自分を責めた。

僅かな刻が過ぎた。

雨宮又四郎は、帰って来なかった。

松乃は、胸元の懐剣を取り出して抜いた。

懐剣の刀身は輝いた。

松乃は、懐剣の刀身の輝きを見詰めた。

懐剣の輝きが震えた。

松乃は眼を瞑《つむ》り、震える懐剣を我が身の首筋に当てた。そして、大きく息を吸って懐剣を引こうとした。

刹那、懐剣を握る手を左近が摑んだ。

松乃は驚いた。

「放して、放して下さい」

松乃は、身を捩《よじ》って必死に抗った。

「そうはいかぬ……」

左近は、抗う松乃の手から懐剣を奪い取った。

「貴方さまは……」

「公事宿巴屋の出入物吟味人、日暮左近……」

「巴屋の……」

松乃は、左近が公事宿『巴屋』の者と聞いて泣き崩れた。

「うむ。して何故の自害だ……」

左近は尋ねた。

「おかよへのせめてもの詫《わ》びにございます」

松乃は告げた。

「詫び……」

左近は眉をひそめた。

「はい。弟の又四郎を問い質《ただ》し、悪事を認めたら刺し違えるつもりでした。ですが又四郎はいなく、最早《もはや》、私だけでも死んで、おかよに詫びるしかないと……」

松乃は俯《うつむ》き、涙を零《こぼ》した。

「そうか、良く分かった……」

左近は、松乃の言葉を信じた。

十年前、おかよを人買いに売り、今は殺そうとする企てにお内儀の松乃は一切拘わりはない。

何事も雨宮又四郎が企み、行なった悪事なのだ。

左近は見定めた。

「お内儀、死んではならぬ。旦那の徳一郎や子供たち、呉服屋丸菱屋、そして、おかよのために死んではならぬ……」

左近は云い聞かせた。

「ですが……」

「後の始末は私がつける……」

左近は笑った。

「えっ……」

松乃は、戸惑いを浮かべた。

「おりんさん……」

左近は、戸口に声を掛けた。

おりんが現れた。

「おりんさん……」

松乃は眉をひそめた。

おりんは、微笑みを浮かべて会釈をした。

「お内儀をお願いします」

左近は告げた。

「ええ……」

おりんは頷いた。

「では……」

左近は、おりんと松乃を残して雨宮屋敷を後にした。


小石川の武家屋敷街は、夕陽に照らされていた。

雨宮又四郎は、真新陰流の前田道場の師範代北島左兵衛と門弟の浪人たちを雇い、既に向島の呉服屋『丸菱屋』の寮に向かったのかもしれない。

おかよの命を狙って……。

左近は読んだ。

そして、小石川馬場の傍の雨宮屋敷から本郷の通りに向かった。


湯島天神は夕陽に照らされ、参拝客も帰り始めていた。

真新陰流の前田道場の戸が開いた。

清次は、物陰に隠れて見守った。

四人の浪人たちが現れ、不忍池の方に向かった。

雨宮又四郎と師範代の北島左兵衛は一緒ではなかった。

清次は見送った。

僅かな間を置き、又四人の浪人たちが出て来て不忍池に向かった。

此で八人……。

八人の浪人たちは、目立たぬように二手に分かれて向島に行くつもりなのだ。

清次は読んだ。

僅かな刻が過ぎた。

雨宮と北島が、二人の浪人を従えて前田道場から出て来た。

漸《ようや》く現れた……。

清次は、向島に行く雨宮と北島たちを追った。

夕陽は、湯島天神の本殿の大屋根を赤く染めていた。

四

夕陽は隅田川の流れに映え、土手道の木々の梢《こずえ》は川風に揺れていた。

呉服屋『丸菱屋』の寮は、何事もない一日を終えて雨戸を閉めた。

おかよは、隠居の徳翁に読み書き算盤《そろばん》を教わり、弥平おしまの下男夫婦の様々な手伝いをして過ごしていた。

楽しげに生き生きと……。

陽炎は、おかよを見守りながら不審な者が現れるのを警戒した。

夕陽は沈み、隅田川と向島は青黒い薄暮に覆われていった。

隅田川の流れに月が映え、向島の土手道に行き交う人は途絶えた。

陽炎は、呉服屋『丸菱屋』の寮の屋根に跳び上がった。そして、音もなく屋根の上に着地し、向島の土手道、水神、木母寺などを見廻した。

土手道、水神、木母寺には不審な気配は窺えなかった。

不気味な静けさが漂っていた。

今夜が勝負……。

陽炎の勘が囁いた。

隅田川に架かる吾妻橋の東詰には、肥後《ひご》国熊本新田《くまもとしんでん》藩と出羽《でわ》国秋田《あきた》藩の江戸下屋敷がある。そこを北に曲がって進むと源森川に架かる源兵衛橋《げんべえばし》になる。その源兵衛橋を渡ると水戸《みと》藩江戸下屋敷があり、向島の土手道に続いていた。

左近は、源森川に架かっている源兵衛橋に向かった。

「左近さん……」

源兵衛橋の袂から清次が現れた。

「清次さんがいるところをみると、雨宮又四郎と北島左兵衛たちは既に来ているようですね」

左近は読んだ。

「ええ。あそこにある飲み屋で落ち合い、気勢を上げていますよ」

清次は、背後に見える中之郷瓦町《なかのごうかわらまち》の飲み屋を示した。

「人数は……」

「雨宮と北島の他に浪人が十人……」

清次は告げた。

「都合十二人ですか……」

「はい……」

清次は頷いた。

「そうですか。良く分かりました。清次さんは退き上げて下さい」

左近は告げた。

呉服屋『丸菱屋』の寮には、陽炎がいる筈だ。

陽炎と二人ならば、雨宮又四郎と北島左兵衛、そして十人の浪人を倒すのは難しい事ではない。

「左近さん……」

「後の事に、清次さんは拘わらない方が良いでしょう」

左近は笑みを浮かべて、後は殺し合いだと滲ませた。

「分かりました。じゃあ……」

清次は頷き、吾妻橋に向かって立ち去った。

左近は見送り、中之郷瓦町の飲み屋の明かりを見詰めた。

雨宮又四郎と師範代の北島左兵衛、他に十人の浪人の都合十二人……。

十人の浪人は、師範代の北島左兵衛を倒せば我先に逃げる手合《てあい》だ。

倒すべき相手は一人、真新陰流前田道場の師範代北島左兵衛……。

左近は、不敵な笑みを浮かべた。


呉服屋『丸菱屋』の寮は、明かりを消して寝静まっていた。

陽炎は、寮の屋根に潜んで土手道の闇を見据えていた。

長命寺の鐘が亥《い》の刻四つ（午後十時）を鳴らした。

陽炎は、土手道の闇を見詰めた。

土手道の闇が僅かに揺れた。

来た……。

陽炎は、己の気配を消して見守った。

揺れた闇の奥から侍たちが現れた。

雨宮又四郎と雇った浪人たち……。

雨宮又四郎と浪人たちは、暗い土手道をやって来た。

陽炎は睨んだ。

陽炎は見守った。

雨宮と浪人たちは、呉服屋『丸菱屋』の寮の前で立ち止まった。

殺気が湧いた。

寮に押し込み、おかよは勿論《もちろん》、隠居の徳翁と弥平おしまの下男夫婦も皆殺しにする気なのだ。

陽炎は睨んだ。

三人の浪人が、板塀沿いに寮の裏手に向かおうとした。

そうはさせない……。

陽炎は、棒手裏剣を連射した。

三人の浪人は、陽炎の棒手裏剣を受けて倒れた。

「散れ……」

北島左兵衛が命じた。

雨宮と浪人たちは、素早く散って身構えた。

北島は、寮を鋭く見据えた。

何者かが潜んでいる……。

北島は、何者かが潜む場所を見定めようとした。

陽炎は、北島を浪人たちの頭分と睨み、棒手裏剣を放った。

棒手裏剣は煌めきとなった。

北島は、飛来した煌めきを咄嗟に躱した。

棒手裏剣は、鈍い音を立てて地面に突き刺さった。

寮の屋根……。

北島は、地面に突き刺さった棒手裏剣の角度を読み、寮の屋根から投げられたと睨んだ。そして、地面に突き刺さった棒手裏剣を抜き、素早く寮の屋根に放った。

陽炎は、咄嗟に夜空に跳んで躱した。
「押し込め……」
北島は、浪人たちに命じた。
七人の浪人たちは、寮に殺到した。
陽炎は、夜空から浪人たちに跳び下りながら忍び刀を一閃した。
血が飛び、浪人の一人が斬り倒された。
浪人たちは後退りした。
陽炎は地を蹴り、浪人たちに鋭く斬り掛かった。
北島左兵衛が、陽炎の前に立ちはだかった。
陽炎は斬り掛かった。
北島は踏み込み、抜き打ちの一刀を鋭く放った。
陽炎は飛び退いた。
「忍びとはな……」
北島は、陽炎を見据えた。
「外道《げどう》……」
陽炎は、おかよを闇討ちしようとする者たちを蔑《さげす》み、嘲笑った。

「黙れ……」

北島は、鋭く踏み込んで陽炎に斬り付けた。

陽炎は、地を蹴って夜空に跳んだ。

北島は、陽炎を追って跳んだ。

闇を跳んで現れた左近が、陽炎に斬り掛かろうとした北島に刀を一閃した。

北島は必死に躱し、体勢を崩しながらも地に降りた。

左近は追って着地し、北島と対峙した。

「何者だ……」

北島は、左近を睨み付けた。

「公事宿巴屋出入物吟味人、日暮左近……」

左近は告げた。

「出入物吟味人、日暮左近……」

北島は眉をひそめた。

「北島左兵衛。御家人雨宮又四郎に僅かな金で雇われ、十三歳の娘の命を狙うとは、真新陰流も地に落ちたな……」

左近は笑った。

笑いには、蔑みと侮りが滲んでいた。

「黙れ……」

北島は、己の素性が割れているのに戸惑った。そして、戸惑いを振り払うように猛然と左近に斬り掛かった。

左近は斬り結んだ。

刃が咬み合い、火花が飛び散り、焦げ臭さが漂った。

陽炎は、雨宮と浪人たちに襲い掛かった。

血煙が舞い、砂利が飛び、草が千切れた。

陽炎は、忍び刀と苦無を駆使し、容赦なく浪人たちを斬った。

浪人たちは次々に倒され、残る者たちの腰が引け始めた。

浪人たちの背後にいた雨宮又四郎は、次第に前に押し出された。

陽炎は、雨宮に斬り掛かった。

雨宮は、後退りしながら必死に陽炎と斬り合った。

左近と北島は斬り結んだ。

無明刀は、斬り合う程に煌めきを増した。

北島は押され、次第に後退した。

潮時だ……。
左近は、無明刀を真っ向から斬り下げた。
北島は、必死に無明刀の斬り込みを受けた。
刹那、北島の刀は両断され、鋒《きつさき》が煌めきながら夜空に飛んだ。
北島は狼狽《うろた》えた。
左近は、無明刀を横薙ぎに一閃した。
北島の首が斬り飛ばされ、血を振り撒きながら闇に飛んだ。
無明刀の恐ろしい斬れ味だった。
左近は、首を失ったまま立つ北島の身体を見据えた。
無明刀の鋒から血が滴り落ちた。
首を失った北島の身体は、ゆっくりと背後に倒れた。
土埃が僅かに舞った。
北島左兵衛は、首を斬り飛ばされて斃《たお》れた。
残る浪人たちは、北島が首を斬り飛ばされたのを知り、恐怖に震えて我先に逃げた。
左近の睨み通りだ。

所詮、金で人殺しを引き受けた無頼の浪人だ。侍の矜持《きようじ》などなく、人としての義理と人情もない。

雨宮は、激しく狼狽えて浪人たちに続いて身を翻した。

陽炎は、土手道を逃げた雨宮を追い掛けようとした。

「陽炎……」

左近は呼び止めた。

陽炎は振り返った。

「奴は俺が斬り棄てる……」

「うむ……」

陽炎は頷いた。

左近は、陽炎を残して雨宮又四郎を追った。

雨宮又四郎は、向島の土手道を吾妻橋に向かって逃げた。

おかよ闇討ちは失敗した……。

北島左兵衛は口ほどにもない……。

雨宮は、腹立たしさを覚えた。

此のまま尻尾《しっぽ》を巻いてたまるか……。

雨宮は、土手道を急いだ。

行く手の闇から人影が現れ、雨宮に向かって来た。

雨宮は立ち止まり、眼を凝《こ》らして闇を透かし見た。

近付いて来る人影は、左近だった。

雨宮は怯んだ。

「御家人雨宮又四郎。我欲《がよく》に塗《まみ》れた外道の悪行、決して許さぬ……」

左近は、無明刀を抜いて大上段に構えた。

天衣無縫の構え……。

左近は隙だらけになった。

「隙だらけだ……」

雨宮は、左近の天衣無縫の構えを侮り、嘲笑した。そして、刀を抜いて猛然と左近に突進した。

左近は、突進して来る雨宮が見切りの内に踏み込むのを待った。

雨宮は、見切りの内に踏み込んだ。

無明斬刃……。

剣は瞬速……。
左近は、無明刀を真っ向から斬り下げた。
雨宮が袈裟懸けの一刀を放った。
閃光が交錯した。
雨宮は、刀を構えて立ち尽くした。
左近は、残心の構えを取った。
僅かな刻が過ぎた。
雨宮の額に血が浮かび、顔の真ん中を流れて滴り落ちた。
左近は、残心の構えを解いた。
雨宮は額を断ち斬られ、横倒しに斃れて土手を転がった。
左近は、無明刀に拭いを掛けた。
御家人雨宮又四郎は死に、呉服屋『丸菱屋』の娘のおかよ闇討ちの一件は終わった。
左近は、鈍色《にびいろ》に輝いている無明刀を鞘に納めた。
隅田川の流れは月影を揺らした。

隅田川の流れは煌めき、呉服屋『丸菱屋』の寮は小鳥の囀《さえず》りに覆われていた。

「そうですか。十年前におかよを拐かし、命を狙った雨宮又四郎は死にましたか……」

隠居の徳翁は、白髪眉をひそめた。

「はい。そして御隠居さま、雨宮又四郎の悪事に姉の松乃さまは一切拘わりありませんでした……」

公事宿『巴屋』彦兵衛は、徳翁を見詰めて告げた。

「そうですか、良かった……」

徳翁は、安堵の吐息を洩らした。

「はい、最早、おかよちゃんの命を狙う者はいないと……」

「ならばこの一件、終わりましたな」

「左様にございます」

彦兵衛は微笑んだ。

「御造作をお掛け致しました」

徳翁は労い、礼を述べた。

「いいえ。して御隠居さま、おかよちゃんはこれから……」

「おかよは、いろいろ出来る子です。徳一郎や松乃と相談しての事ですが、儂の手許に置いて好きな事をさせてみます。そして、好きな男が出来て嫁に行くのも良し、何か新しい事をするのも良し……」

徳翁は微笑んだ。

「成る程、それは良いですね」

彦兵衛は頷いた。

「うむ。それでだ、彦兵衛さん……」

徳翁は膝を進めた。

「はい……」

「大滝村の平作さんですが、おかよも慕っているし、儂もおかよを賢く逞しく育ててくれたお礼をしたいのだが……」

「分かりました。平作さんの様子を見て、お礼は何が良いか、手前も考えてみましょう」

彦兵衛は告げた。

「うむ。宜しくお願いしますよ」

徳翁は、白髪頭を深々と下げた。

おかよの楽しげな笑い声が、台所から賑やかに響いた。

おかよの楽しげな笑い声は、寮の外にも響いた。

「おかよ……」

秩父大滝村の百姓で猟師の平作は、安堵と淋しさを交錯させた。

「平作さん。おかよちゃん、楽しそうですね」

陽炎は眼を細めた。

「ええ。もっと早く連れて来てやれば良かった……」

平作は悔んだ。

「でも、平作さんは、おかよちゃんを立派に育てて護り抜きました。おかよちゃんも感謝していますよ」

陽炎は励ました。

「だったら良いのだが……」

「ええ。心配は要りませんよ。さあ……」

陽炎は促した。

平作は、呉服屋『丸菱屋』の寮に向かって深々と頭を下げた。

陽炎は、平作と一緒に呉服屋『丸菱屋』の寮の前から立ち去った。

左近は、木陰から見送った。

陽炎と平作は秩父に帰る筈だ。

左近は、平作と一緒に向島の土手道を去っていく陽炎を見送った。

「陽炎……」

隅田川の流れは煌めき、向島は明るい陽差しに溢れた。

光文社文庫

文庫書下ろし／長編時代小説

神《かみ》隠《かく》しの少女《しょうじょ》　日《ひ》暮《ぐらし》左《さ》近《こん》事《じ》件帖《けんちょう》

著者　藤《ふじ》井《い》邦《くに》夫《お》

2020年3月20日　初版1刷発行

発行者　鈴木広和
印刷　萩原印刷
製本　フォーネット社

発行所　株式会社　光文社
〒112-8011　東京都文京区音羽1-16-6
電話 (03)5395-8149　編集部
8116　書籍販売部
8125　業務部

ISBN978-4-334-79000-4　Printed in Japan

組版　萩原印刷

藤井邦夫

［好評既刊］

長編時代小説★文庫書下ろし

御刀番 左《ひだり》京之介

(一) 御刀番 左京之介 妖刀始末
(二) 来国俊《らいくにとし》
(三) 数珠丸恒次《じゅずまるつねつぐ》
(四) 虎徹《こてつ》入道
(五) 五郎正宗
(六) 備前長船《おさふね》
(七) 九字兼定《くじかねさだ》
(八) 関の孫六
(九) 井上真改《しんかい》
(十) 小夜左文字《さよさもじ》
(十一) 無銘刀

乾蔵人 隠密秘録

(一) 彼岸花の女
(二) 田沼の置文
(三) 隠れ切支丹
(四) 河内山《こうちやま》異聞
(五) 政宗の密書
(六) 家光の陰謀
(七) 百万石遺聞
(八) 忠臣蔵秘説

評定所書役・柊左門 裏仕置

(一) 坊主金
(二) 鬼夜叉
(三) 見殺し
(四) 見聞組
(五) 始末屋
(六) 綱渡り
(七) 死に様